La città che non poteva essere distrutta "Ypres"

Almeyda Fernández

Stati Uniti
2024

Impronta

Titolo del libro: La città che non poteva essere distrutta "Ypres"
Autore: Almeyda Fernandez

© 2024, Almeyda Fernandez
Tutti i diritti riservati.

Autore: Almeyda Fernandez
Contatto: slushidoe@gmail.com

CONTENUTO

I. La Parigi

Dal punto di osservazione del balcone, la vista sottostante è a dir poco affascinante. Le tentacolari cime degli alberi sottostanti assomigliano a una vasta foresta, i loro tronchi nascosti in una rete intricata di vicoli e piazze, come se visti dalla cima di una montagna imponente. Questi alberi, saldamente radicati nel suolo della storia francese, non sono semplici piante; simboleggiano l'essenza della terra su cui prosperano. Sulla polverosa passeggiata di ghiaia che corre tra il verdeggiante giardino e la vivace strada, due giovani figure, un uomo e una donna, sono impegnati in un vivace gioco con le racchette, uno dei tanti giochi con la palla di second'ordine preferiti dalla piccola borghesia di Francia. Le loro giacche e i loro cappelli poggiano sul bordo di una pittoresca scatola di legno che custodisce un rigoglioso arancio. La coppia, fradicia di sudore per il caldo sole del primo mattino, è senza dubbio innamorata. La loro interazione giocosa, apparentemente frivola e insignificante, è in contrasto con il peso del mondo fuori dalla loro bolla. Sembra quasi assurdo, questa delicata danza di affetto, in un momento e in un luogo così carichi di tensione. Sembrano inconsapevoli, o forse semplicemente indifferenti, della realtà della profonda crisi che si sta svolgendo intorno a loro, una crisi che minaccia di consumare tutto ciò che conoscono e amano.

Da questo stesso balcone, i monumenti di Parigi si trovano in sorprendente prossimità. Davanti a te si estende il Louvre, con le sue sculture che spaziano dalle opere di Jean Goujon ai capolavori di Carpeaux; la Chiesa di Santa Clotilde, dove per decenni rimase nascosto, incontaminato dalle luci della ribalta, il genio di César Franck; la stazione ferroviaria del Quai d'Orsay, una meraviglia dell'architettura che si è rivelata un capolinea in grado di evocare le stesse emozioni di un palazzo o di un tempio; la cupola degli Invalides, che si staglia fiera contro l'orizzonte; e le maestose facciate che circondano Place de la Concorde, che ospita il Ministero della Marina. Per chiunque comprenda Parigi, non solo come città, ma come simbolo delle conquiste umane, lo spettacolo è profondamente commovente. L'arte del Ministero della Marina, con i suoi squisiti plinti, modanature e intagli, testimonia l'eccellenza dell'artigianato nazionale. Guardarlo significa essere trasportati in un luogo di profondo rispetto e ammirazione.

Eppure, la sensazione prevalente è quella di una profonda fuga. Tutta questa bellezza, tutto questo patrimonio, ad un certo punto era pericolosamente vicino alla distruzione. Era minacciato da forze che ne capivano il valore ancor meno della giovane coppia con i loro racket, forze la cui consapevolezza era solo un sussurro rispetto alla grandezza della civiltà che cercavano di smantellare. Erano esseri la cui crudeltà era tanto selvaggia quanto la loro ignoranza era sconfinata. Parigi era sull'orlo della catastrofe, ma miracolosamente è sopravvissuta. Nessuna città fu mai più in pericolo, eppure, per un colpo di fortuna, riuscì a evitare il disastro. Le strade erano fiancheggiate da taxi che trasportavano la Sesta Armata – l'ultima speranza di salvezza – che correva avanti a un ritmo inimmaginabile, cambiando le sorti della battaglia e, forse, il corso della storia stessa.

"La popolazione di Parigi si è ribellata e viene a chiederci pietà!" - pensarono gli esploratori tedeschi, scambiando il turbinio di taxi che correvano verso nord per un segno di panico. Ma ciò a cui avevano effettivamente assistito era il rapido movimento della Sesta Armata, il cui arrivo avrebbe segnato il punto di svolta della campagna. L'ufficiale tedesco, rendendosi conto dell'errore il giorno successivo, poté solo riflettere: "Ci è capitata una grande disgrazia". In effetti, era molto più grande di quanto avrebbe mai potuto prevedere.

Il terrore di ciò che avrebbe potuto essere, unito allo stupore per ciò che è realmente accaduto, riempie la mente con un senso di stupore mentre guardi Parigi dal balcone. La città, contro ogni previsione, era scappata. L'evento non è stato solo un evento ravvicinato: è stato un momento di pura meraviglia, impossibile da cogliere appieno. È troppo grandioso, troppo importante perché la mente possa comprenderlo appieno.

Le strade di Parigi, anche se ancora in ripresa, hanno ora una calma particolare, come se fosse una domenica mattina. Il consueto ronzio dell'attività è stato sostituito da una tranquilla quiete, punteggiata dal rombo occasionale dei taxi che ritornano. Gli autobus, un tempo punto fermo della vita parigina, non si trovano da nessuna parte, essendosi ritirati dietro le linee del fronte. Le ferrovie metropolitane, ora gestite da donne, sono diventate il principale mezzo di trasporto. Un autobus trainato da cavalli, apparentemente resuscitato da un'epoca passata, percorre i grandi viali, il suo autista - una contadina robusta e allegra - raccoglie i biglietti nelle ampie pieghe del suo grembiule nero. Molti dei negozi più stravaganti e inutili restano chiusi, mentre altri restano in silenzio in attesa della ripresa degli affari. Eppure, gli umili negozi di generi alimentari, la linfa vitale dei quartieri operai, continuano a funzionare come al solito, senza clamore o autocoscienza. Le strade sono piene di soldati in una vasta gamma di uniformi - alcuni in azzurro, altri in nero - tutti mescolati insieme in uno spettacolo caotico ma in qualche modo unitario. I marciapiedi sono costellati di vedove e orfani, il loro dolore profondo ma inespresso. Le giovani ragazze e donne in lutto sono numerose, i loro pesanti veli neri sono l'unica lista visibile delle vittime consentita dal Ministero della Guerra francese.

Parigi, un tempo così piena di energia e glamour, ora sembra un luogo trasformato: strano, ma ancora inconfondibilmente se stesso. Tra la crescente consapevolezza di un disastro evitato per un pelo e la nascente consapevolezza del potere che la nazione francese ora esercita, lo spirito di Parigi rimane risoluto. I francesi sono tornati a comprendere la propria identità. Sono arrabbiati, ma freddamente; non vengono sconfitti, ma vengono cambiati. Assistere a questa trasformazione è a dir poco stimolante. Parigi è sotto un incantesimo, un incantesimo che esalta la bellezza della sua resilienza anche se i dettagli banali della vita quotidiana continuano a manifestarsi, stranamente persistenti.

In un piccolo appartamento al sesto piano si potrebbe trovare un netto contrasto con la grandiosità della città sottostante. La cucina, modesta con solo due fornelli a gas per cucinare, potrebbe essere facilmente immaginata sotto le radici di un arancio nei giardini delle Tuileries. L'appartamento è pulito a un livello quasi ossessivo, ogni oggetto scelto e custodito con cura. Uno di questi oggetti è un dipinto ad acquerello, a lungo dimenticato ma ora incorniciato ed esposto con orgoglio. L'unica occupante dell'appartamento, una sarta zitella sulla trentina, guadagna tre franchi al giorno, ma è ricca nella sua semplicità. La sua ricchezza non deriva dai beni materiali, ma dalla tranquilla disciplina di vivere entro i propri mezzi. Nonostante la sua natura senza pretese, nutre un carattere focoso che solo due cose possono provocare: qualsiasi accenno al matrimonio o qualsiasi tentativo di alterare le sue routine consolidate. Questi sono i pilastri sacri della sua esistenza. La sua visita in una piccola città l'estate scorsa, per aiutare la cognata nella gestione di un bar, doveva essere una sorta di vacanza. Eppure, non poteva sopportare il pensiero di restare in piedi per ore, servendo una folla che capiva a malapena.

Alla fine, l'attrazione della vita parigina divenne irresistibile e lei tornò, nonostante l'escalation della guerra intorno a lei. Il viaggio fu estenuante, durò tre giorni e due notti, pieno di rifugiati e soldati feriti. Eppure lei ha insistito. Al ritorno a Parigi venne accolta dalla notizia che i tedeschi avevano lasciato intatto il caffè, anche se la guerra aveva sicuramente lasciato il segno.

Quando le viene chiesto del viaggio, afferma semplicemente: "È stato terribile. Un viaggio di tre ore si è trasformato in tre giorni di permanenza in piedi, senza spazio per muoversi e pochissimo cibo o bevande". Eppure, alla fine, era riuscita a tornare indietro. La guerra aveva sconvolto la sua vita, ma non il suo spirito. Nonostante tutto, lei è rimasta immutata, le sue abitudini più incrollabili che mai.

E poi c'è il Boulevard St. Germain: un'antica, grandiosa casa, una reliquia di un'altra epoca. Il salotto, chiuso a chiave per due decenni, porta ancora l'arredamento pesante e cupo di un tempo passato. La matriarca, una vedova di formidabile volontà, è attiva quanto qualsiasi donna che abbia la metà dei suoi anni. Si alza alle cinque del mattino e nessun cuoco è mai riuscito a soddisfare del tutto i suoi standard. Suo figlio, scapolo di cinquant'anni, è paralizzato e trascorre le sue giornate su una sedia a rotelle, circondato da libri, incisioni e giornali. Le loro conversazioni spesso vertono sugli investimenti, sulla guerra e sul futuro incerto che ci aspetta. Nonostante le terribili circostanze, l'anziana vedova rimane risoluta, non credendo mai del tutto che i tedeschi saranno sconfitti. "Non verranno mai battuti", insiste, "perché sono sempre capaci di inventare qualcosa di nuovo". Continua, imperterrita, a gestire la sua casa con la stessa precisione e autorità che ha sempre posseduto.

In contrasto con la tenacia di questa famiglia c'è la storia di una sarta alla moda, di una bella donna la cui vita è stata sconvolta dalla guerra. Suo marito, un tempo soldato, ora ricopre un piccolo incarico amministrativo, mentre i loro due giovani figli rimangono l'immagine dell'eleganza giovanile parigina. Eppure, nonostante la bellezza superficiale della loro vita, la guerra ha messo a dura prova le loro risorse. Il suo laboratorio, un tempo animato da settanta dipendenti, ora è vuoto. La sarta riflette sulle difficoltà portate dalla guerra, constatando che le cose più semplici, come il sale e la cicoria, erano diventate impossibili da ottenere. Tuttavia, rimane fiduciosa, in attesa del ritorno alla normalità, e sebbene la guerra abbia lasciato il segno, il suo spirito rimane intatto.

Attraverso questi racconti Parigi, sia come città che come simbolo, rivela la sua vera essenza. Nonostante il caos, nonostante la paura, resiste. E in quella resistenza c'è una bellezza che non può essere estinta.

Negli ultimi istanti del nostro incontro, mi sono ritrovato nel cuore di Parigi, in una casa famosa per la ricchezza della sua eclettica collezione. Era un luogo di vecchio e nuovo: cianfrusaglie, porcellane, ventagli squisiti e mobili intervallati da dipinti moderni che riempivano le pareti. Tra le opere d'arte c'erano affreschi di Pierre Bonnard e dei suoi contemporanei, creando un'atmosfera raffinata e contemporanea. Dal balcone in marmo nero, la vista era a dir poco mozzafiato, offrendo una rara prospettiva di Parigi, il vero centro della città. Questo era un luogo in cui i mondi si scontravano: autori, musicisti, pittori, amministratori e ammiratori occasionali si riunivano tutti nello stesso spazio.

La padrona di casa, sempre gentile, aveva invitato un alto funzionario del Ministero degli Esteri, qualcuno che non vedevo da molti anni. Sebbene non lo dicesse esplicitamente, era chiaro che la sua intenzione era quella di facilitare i miei viaggi verso la zona di guerra, un'impresa che pianificavo da tempo. Erano presenti anche molti dei miei vecchi amici, ed è stato sorprendente vedere quanti erano riusciti a evitare il servizio attivo, alcuni per necessità a causa del loro ruolo nell'amministrazione, altri per posizioni neutrali, o perché ritenuti troppo anziani o fisicamente inabili. per il servizio. Alcuni, sfortunatamente, erano morti durante il servizio, lasciando uno spazio vuoto nella stanza.

In mezzo al bellissimo caos di oggetti che richiedevano ammirazione, la conversazione si è inevitabilmente spostata sulla guerra. Il funzionario del Ministero degli Esteri, vestito con alpaca chiara e stivali gialli, spiegò con calma autorità i significati dietro i vari libri colorati: libri gialli, libri bianchi, libri arancioni, libri blu. Ma le questioni vere e più urgenti rimasero intatte. La musica suonava, incluso Schumann, un compositore tedesco, che aggiungeva una strana ma profonda aria di normalità allo svolgimento. Poi la letteratura venne alla ribalta. Un romanziere, desideroso di impegnarsi, mi ha chiesto la mia opinione su un libro intitolato The Way of All Flesh. Fu sorpreso di apprendere che stava ancora facendo scalpore a livello internazionale, anche se era stato scritto tanto tempo fa. Ha anche espresso curiosità per George Gissing, un nome che gli era nuovo.

All'improvviso, dall'angolo poco illuminato del balcone, una voce mi interruppe, sorprendendomi. Era una domanda che sembrava fuori luogo in mezzo a un discorso così colto:

"Sinceramente, odiano i tedeschi in Inghilterra? Li odiano davvero? Ne dubito. Ne dubito fortemente."

Risi goffamente, come avrebbe fatto qualunque inglese, sorpreso dalla schiettezza della domanda. L'episodio fugace, anche se breve, interruppe il flusso della conversazione e spostò la nostra attenzione dalla letteratura a un argomento più scomodo.

Con il passare della notte, le discussioni sulla mia proposta di visita al fronte vacillarono. Sebbene il viaggio fosse stato organizzato, programmare la partenza effettiva sembrava impossibile. Ho quindi optato per una visita a Meaux, un luogo che da tempo mi affascinava per la sua importanza storica e letteraria. Meaux era stata bruciata dai Normanni nel X secolo e fu testimone di orribili massacri nel XIV secolo, eventi che occuparono un posto di rilievo nella storia inglese, in particolare per l'aristocrazia. Nel XVII secolo fu anche la sede del celebre vescovo Bossuet. Ma più recentemente, durante la prima guerra mondiale, i tedeschi erano avanzati fino a Meaux prima di essere fermati poco prima di Parigi. Meaux era così divenuto un simbolo, il punto più vicino a Parigi raggiunto dalle forze nemiche.

Anche un viaggio a Meaux richiedeva alcune formalità. Il viaggio, che sarebbe durato la metà del tempo in macchina, fu ritardato dalla lentezza del treno che serpeggiava lungo la Marna. Ma le formalità erano semplici. Meaux, cittadina di appena quattordicimila abitanti, era dominata dalla sua cattedrale, tanto che vista da lontano la città sembrava costituita interamente da questa imponente struttura.

Appena arrivati noleggiammo una carrozza guidata da un signore anziano e solenne che, con poco entusiasmo, si offrì di portarci a Barcy, villaggio che era stato bombardato e bruciato durante la guerra. Per quindici franchi, più la mancia, accettò di mostrarci il campo di battaglia. Il suo atteggiamento calmo, quasi rassegnato, mentre indicava i villaggi lungo il percorso, aggiungeva un inquietante senso di malinconia al viaggio. Mentre attraversavamo i villaggi di Penchard, Poincy e Monthyon, l'autista parlò di esploratori tedeschi che avevano occupato brevemente Meaux, credendo di dover affrontare una forza molto più grande di quanto non fossero in realtà.

Il nostro autista spiegò come i tedeschi fossero stati ingannati dal quartier generale inglese di La Ferté-sous-Jouarre, che per precauzione aveva fatto saltare un ponte. Poi indicò la prima tomba: una tomba semplice ma toccante, contrassegnata da una bandiera bianca, una croce e una piccola ghirlanda. La tomba di un soldato del 66° Territoriale era il simbolo dell'ultima disperata spinta dei tedeschi prima della ritirata.

Mentre proseguivamo, attraversavamo un'ampia pianura punteggiata da macchie di foresta, campi di grano e occasionali lapidi. Un tempo l'area era stata luogo di sanguinosi conflitti, ma ora, in seguito alla calma, è stata riconquistata dalla natura. La terra, sebbene ancora segnata dalle trincee, era ora ricoperta da raccolti e fiori selvatici. La terra stava lentamente guarendo, anche se il ricordo della guerra aleggiava nelle silenziose tombe sparse nel paesaggio. Alcune tombe erano contrassegnate da bandiere bianche e croci, mentre altre erano semplicemente numerate e i loro occupanti erano sconosciuti.

Ci siamo imbattuti in una fattoria che era stata sventrata dai tedeschi. I mobili furono saccheggiati e le botti di vino distrutte. La vista di questa casa abbandonata, un tempo piena di oggetti familiari, ora lasciata vuota e distrutta, era un potente promemoria della distruzione della guerra. La casa rappresentava una silenziosa testimonianza delle vite sconvolte dal conflitto.

Barcy, un tempo un campo di battaglia chiave, incombeva sul futuro. Il campanile della chiesa, sebbene in frantumi, era ancora un simbolo di resilienza. Attraversammo il villaggio, che era stato ricostruito ma mostrava ancora i segni dei brutali combattimenti. Alcune case erano state restaurate con nuovi tetti rossi, mentre altre erano rimaste in rovina. L'ufficio postale, gravemente danneggiato, doveva ancora essere completamente riparato, e la chiesa, con il tetto rotto e le finestre in frantumi, era uno spettacolo inquietante. All'interno, i banchi rimasero in gran parte intatti, ma l'altare e la navata erano un caos caotico di distruzione.

Lasciando Barcy, attraversammo un paesaggio punteggiato da altre tombe: croci bianche che segnavano le tombe dei soldati. Ma c'erano anche croci più scure, nere, a significare le tombe dei soldati tedeschi. Queste tombe, prive di nomi o corone, servivano a ricordare duramente il nemico che un tempo aveva occupato questa terra. Colpisce il contrasto tra le croci bianche e quelle nere, che simboleggiano le profonde divisioni create dalla guerra.

Mentre tornavamo a Meaux, i campi, un tempo campi di battaglia, erano ora ricoperti di raccolti, che sembravano ignorare le tombe sottostanti, crescendo su di essi come a dispetto della persistente presenza della guerra. Il grano e l'avena, maturi per il raccolto, erano una testimonianza della resilienza della natura.

Alla fine, dopo una lunga giornata di riflessione e di ricordo, siamo tornati alla normale stazione ferroviaria di Meaux. Nel bar una francese ci ha servito il tè come se non fosse successo nulla di straordinario. Eppure, mentre tornavamo a Parigi, sapevo che l'esperienza di visitare il fronte, di vedere le tombe e i resti della battaglia, sarebbe rimasta con me per sempre. Era un potente promemoria del fatto che le linee del fronte, sebbene distanti, un tempo erano state più vicine di quanto osassimo immaginare.

II. Fronte francese

Alla postazione di comando siamo stati accolti dagli ufficiali responsabili che ci aspettavano. Ben presto divenne chiaro che si trattava di un evento comune. Che si trattasse di un generale, colonnello o comandante, ad ogni fermata era presente l'ufficiale di grado più alto per spiegare la situazione. E hanno spiegato tutto con una chiarezza che solo i francesi sembrano possedere: una dote straordinaria, come dimostrano i rapporti ufficiali sulle prime fasi della guerra, condivisi con l'opinione pubblica anglosassone attraverso Reuter.

Il nostro piccolo gruppo di quattro persone era accompagnato da numerose automobili e autisti. In nessun momento della giornata, sia che stessimo correndo lungo strade sconnesse e deteriorate o che camminassimo per la campagna, mi è mancato un ufficiale di stato maggiore al mio fianco. Ognuno di essi mi dava l'impressione che esistessero esclusivamente per essermi utili. Ogni dettaglio del nostro viaggio è stato organizzato con cura e l'intera operazione si è svolta senza intoppi. Nessun corrispondente americano pre-Lusitania avrebbe potuto essere coccolato dai tedeschi, che erano alla disperata ricerca del suo favore, più di quanto lo fossi io dai francesi, che si erano già conquistati la mia benevolenza senza bisogno di provarci.

Dopo le formalità di saluto salimmo su un'alta terrazza di un grande castello lì vicino. Da lì, una vasta distesa della Francia si estendeva davanti a noi in un semicerchio scintillante. In lontananza, una bassa catena di colline, punteggiate irregolarmente di alberi, segnava l'orizzonte. Un fiume serpeggiava attraverso il paesaggio, sfociando in macchie di fitti boschi e piccoli boschetti. Oltre a ciò, infiniti vigneti si estendevano verso l'alto con pendii variabili, strisciando fuori dalla valle fin quasi ai nostri piedi. Lontano a sinistra, una città con le imponenti ciminiere delle fabbriche si ergeva silenziosa, senza fumo.

Le contadine si chinavano nelle vigne, mentre la terra sembrava viva di coltivazioni, dando frutti abbondanti. La scena era magnifica, ambientata in un glorioso pomeriggio estivo. Il sole era alto nel cielo, proiettando enormi ombre viola che si muovevano lentamente sul verde vibrante della terra. L'aria era piena di un senso di pace, maestosità e della tranquilla ricchezza del suolo francese.

"Vedi quella linea bianca sulle colline laggiù?" chiese uno degli ufficiali, aprendo una mappa a grande scala.

Immaginavo fosse una strada.

"Quelle sono le trincee tedesche", ha spiegato. "Sono a cinque miglia di distanza e le loro postazioni di armi sono nascoste nel bosco. Le nostre trincee sono invisibili da qui".

È stato un momento monumentale: la prima volta che ho visto le trincee tedesche. Quella vista provocò un misto di stupore e profondo dolore. I miei pensieri correvano: tutta la Francia oltre quella linea, terra proprio come quella su cui mi trovo, abitata da persone proprio come quelle intorno a me, è sotto l'opprimente tirannia degli invasori. Mentre cercavo di comprendere le dimensioni, mi colpì la consapevolezza che queste trincee si estendevano da Ostenda alla Svizzera, e gli stessi uomini che le avevano costruite erano impegnati in operazioni simili nell'estremo nord-est fino a Riga e nell'estremo sud-est fino ai confini della Romania. In quel momento ho pensato: questi briganti possono essere pazzi, ma lo sono in un modo grandioso e terrificante.

Eravamo arrivati al fronte.

Nelle ultime venti miglia avevamo guidato lungo una strada pesantemente pattugliata, chiusa ai civili. Anche gli ufficiali di stato maggiore dovevano passare attraverso le sentinelle, sussurrando parole d'ordine per evitare di essere respinti. La vita civile in questa zona era stata sospesa, esistendo precariamente da un pasto all'altro. Gli aeroplani rombavano in alto, mandando in frantumi ogni parvenza di pace. Nessuna lettera poteva lasciare un ufficio postale senza un ritardo obbligatorio di tre giorni, e i telegrammi erano altamente sospetti. Entrare in una stazione ferroviaria era difficile quasi quanto entrare in una fortezza, e solo chi aveva passaporti o lasciapassare speciali poteva godere delle libertà limitate che rimanevano. Eppure, in mezzo a tutto questo, non ho visto segni di angoscia. Nessuno si accigliò o si lamentò. Tutti sembravano accettare la necessità di queste misure al servizio dell'immensa macchina militare. Aspettavano, con calma e con sorrisi fiduciosi.

Sarebbe inesatto dire che la vita civile si fosse fermata. Sotto gli strati del controllo militare continuavano gli aspetti fondamentali della vita. La terra continuava a produrre e i raccolti prosperavano, fino al confine degli intrecci di rete metallica tedesca. Gli agenti hanno avvertito i contadini del pericolo, ma loro hanno risposto semplicemente: La terra deve essere lavorata.

Quando l'artiglieria tedesca cominciava a sparare, le donne vestite di blu si nascondevano al riparo dei boschi. Mezz'ora dopo la fine dello sbarramento, sarebbero riemersi con cautela e avrebbero continuato il loro lavoro. Un contadino, apparentemente indifferente, sistemò persino un ombrello per ripararsi dall'ombra, sebbene fosse un uomo.

Eravamo innegabilmente davanti. Ma in quel momento il fronte sembrava più astratto che reale. Nessun rumore di battaglia, nessun segno di distruzione: solo la debole, pallida linea delle trincee tedesche, appena visibile sulle colline lontane. Un lontano rombo di tuono rimbombò nell'aria. Era il rumore degli spari. In lontananza apparve un piccolo sbuffo di fumo. Eppure, questo breve disturbo non ha rovinato la serenità del paesaggio. L'intera scena sembrava indifferente alla guerra che incombeva appena oltre. Ma anche in quella calma, sapevamo di essere sull'orlo di qualcosa di vasto e pericoloso.

Un po' più avanti, ci sono state mostrate le conseguenze di un precedente attacco di artiglieria: un enorme cratere scavato nella terra. La vista di questa improvvisa distruzione fece sembrare la guerra meno astratta, più reale.

"Ci sono ottantamila uomini davanti a noi", disse uno degli ufficiali, indicando il paesaggio.

"Ma dove?" chiesi, faticando a capire.

"Sepolto... nelle trincee", rispose.

Sembrava incredibile.

Mi sono voltato per chiedere: "E gli altri... i morti?"

"Non ne parliamo mai", fu la risposta tranquilla. "Ma ci pensiamo spesso."

Un po' più vicino alla zona di guerra, abbiamo visitato il parc du génie – il parco degli ingegneri – dove abbiamo visto colline di bobine di filo spinato, molto più pericolose di qualsiasi cosa usassero gli agricoltori. Queste spire sembravano progettate non solo per intrappolare, ma anche per fare a pezzi chiunque si avvicinasse troppo. C'erano anche cataste di legname per puntellare le mine, sacchi di terra per trinceramenti improvvisati e chevaux de frise, dispositivi a quattro punte progettati per impalare chiunque avesse la sfortuna di rimanervi intrappolato. Anche la carta catramata veniva conservata per mantenere asciutte le trincee. Le quantità di rifornimenti erano sconcertanti.

Nelle vicinanze, un piccolo gruppo di prigionieri tedeschi svolgeva lavori umili sotto scorta. Si muovevano rassegnati, come se sapessero che la guerra era lungi dall'essere finita. Un ufficiale ci ha raccontato che quando aveva accennato alla possibilità di uno scambio di prigionieri, i tedeschi avevano protestato, preferendo la prigionia al ritorno agli orrori del fronte. I prigionieri sembravano brutalizzati, un duro ricordo degli effetti disumanizzanti della guerra.

Non lontano da questo, abbiamo visitato un ospedale – un'ambulanza de première ligne – allestito in una fabbrica. Questa è stata la prima fermata per i feriti, che arrivavano direttamente dai camerini dietro la prima linea. Una telefonata chiamava un'automobile, che spesso arrivava prima dei barellieri. I feriti potevano essere operati entro un'ora dalla ferita, sebbene gran parte del personale e delle attrezzature dell'ospedale fossero mobili, in grado di trasferirsi rapidamente in caso di necessità.

Un ospedale era stato evacuato completamente nel giro di sessanta minuti, rispondendo prontamente all'ordine di trasferimento improvviso. Abbiamo visitato la struttura, attraversando piccoli reparti, sale operatorie e aree di stoccaggio, tutte impregnate dell'odore pungente dell'etere. I pazienti erano pochi, ma la stanchezza sul volto del medico raccontava l'immenso travaglio che dovette svolgersi dietro quelle porte chiuse.

Nel vasto cortile abbiamo trovato una tenda-ospedale, pronta a partire con breve preavviso. Il personale medico lavorava in silenzio all'interno, preparandosi per la prossima crisi, mentre fuori aspettava un carro con attrezzature per la sterilizzazione, pronto per essere schierato in un attimo.

Il nostro tour è proseguito con la visita ad un parco aeronautico, situato in un vasto campo di grano in cima ad una collina. Lì abbiamo visto gli hangar che ospitavano gli aerei utilizzati per dirigere il fuoco dell'artiglieria. Gli aerei avevano i propri veicoli da trasporto e a volte dovevano essere trasportati su strada se venivano danneggiati. L'ufficiale in carica, un giovane sottufficiale con accento del sud, ha dimostrato le capacità degli aerei, mostrandoci la loro attrezzatura wireless e dandoci la possibilità di sederci nella cabina di pilotaggio. Nonostante il tempo inadatto al volo, accese il motore, producendo uno spiffero che piegò il grano dietro di noi e ci fece saltare il cappello.

Successivamente ci furono mostrati i cannoni antiaerei, progettati appositamente per abbattere gli aerei nemici. L'ufficiale ci ha fornito una spiegazione dettagliata del funzionamento delle armi, che è durata quasi mezz'ora, anche se gran parte di essa andava oltre la mia comprensione. Era chiaro, tuttavia, che queste armi erano costruite per colpire i bersagli con una precisione mortale.

La nostra ultima fermata fu al settantacinque, il famoso pezzo d'artiglieria francese. Abbiamo osservato il suo funzionamento, la precisione con cui veniva caricato e sparato e la velocità del suo rinculo. Quando abbiamo suggerito di provarlo, l'ufficiale ha immediatamente accettato. In pochi istanti la pistola era pronta a sparare. Con un forte scoppio, il proiettile fu lanciato, la sua traiettoria invisibile, la sua destinazione sconosciuta. Per buona misura venne sparato un secondo colpo e gli artiglieri rimasero pronti, preparati per qualunque cosa sarebbe accaduta dopo.

Intraprendiamo un'altra discesa nel terreno, avventurandoci qualche metro più in là quando, inaspettatamente, la trincea si divide in tre direzioni. Si crea confusione. Non siamo sicuri di quale strada seguire e nemmeno l'ufficiale dietro di noi, perso come noi, ne ha idea. L'ufficiale che dovrebbe guidarci è una trentina di metri più avanti e, nonostante i nostri richiami, non riceviamo risposta. Usciamo dalla trincea, emergendo in superficie, dove una terra desolata si estende a perdita d'occhio. Dei nostri compagni non c'è traccia, nemmeno la traccia delle loro tracce. Il terreno, non toccato dalla presenza umana, sembra prendersi gioco di noi. Questo, di per sé, costituisce una triste testimonianza della vastità e dell'isolamento della guerra di trincea.

Dopo un attimo di panico finalmente appare un ufficiale che ci guida sulla strada giusta, la trincea all'estrema destra. Proseguiamo camminando nel caldo opprimente, completamente disorientati. Il nostro senso dell'orientamento è completamente perso.

Alla fine raggiungiamo un tratto di strada dove passa la ferrovia. In lontananza scorgiamo un pallone frenato tedesco, immobile contro il cielo. La ferrovia, un tempo simbolo di progresso ed efficienza, ora è abbandonata, i suoi cavi di segnale pendono come nastri flosci, i suoi binari si arrugginiscono. Lo spettacolo è inquietante. È quasi incomprensibile assistere a un tale abbandono di una linea principale in quello che un tempo era un paese prospero e civile. Ci si comincia a chiedere se stiamo assistendo ai resti di una civiltà perduta, la cui anima è stata cancellata dalla follia della guerra.

Questo particolare tratto di ferrovia è inutile sia per i tedeschi che per i francesi. Si trova in territorio francese ma è troppo esposto all'artiglieria tedesca per essere utile. Rimangono circa dieci chilometri di binari, che fungono da tragico monumento all'insensatezza dell'invasione. È un luogo che evoca disperazione.

Il viaggio continua e finalmente arriviamo ad un villaggio che si trova sulla punta di un saliente francese. Lo spettacolo davanti a noi è straziante. Il villaggio è stato completamente distrutto. Le rovine sono un triste spettacolo di guerra. Tra le macerie avvistiamo resti strani e inquietanti: un orsacchiotto appoggiato sui gradini rotti di una scala, la struttura di un letto semisepolta tra i detriti e i resti scheletrici di uccelli in una gabbia ancora appesa al muro. L'intera area è un focolaio di bombardamenti, i suoi abitanti sono coinvolti in un ciclo implacabile di violenza. Eppure, nonostante il caos, alcuni civili si rifiutano di andarsene. Diciassette in totale – sette uomini e dieci donne – rimangono ostinatamente al loro posto. Parlo con una donna anziana, che insiste che non c'è pericolo, che la vita deve andare avanti. Un attimo dopo, una bomba esplode a soli cento metri da dove ci troviamo. È un promemoria che fa riflettere sull'assurdità della sua convinzione e sulla crudele realtà della guerra che ci circonda.

La chiesa del villaggio, un tempo luogo di santuario, è oggi l'ombra di se stessa. Il suo tetto è scomparso, anche se rimangono due archi sottili, che apparentemente sfidano la gravità. Sull'altare sono disposti alcuni fiori tristi. Nonostante la distruzione, ogni domenica viene ancora celebrata la messa, testimonianza della resistenza dello spirito umano. Incontriamo il prete del villaggio, un uomo fragile che indossa la Legion d'Onore. Nei suoi occhi possiamo vedere sia il peso dei suoi anni che l'incrollabile determinazione che lo ha tenuto in questo luogo abbandonato.

Continuiamo il nostro viaggio attraverso le trincee, che ormai sembrano un dedalo di cunicoli sotterranei. Il calore del sole si sente ma non si vede. Cartelli sui muri, come "Tranchee de repli" o "Guetteur de jour et de nuit" (osservatore di giorno e di notte), indicano la strada. Apriamo una porta e all'interno incontriamo un uomo pallido che appare quasi spettrale, vegliando nell'oscurità. Non dice nulla, ma la sua presenza silenziosa è inquietante.

Al di là di questo, intravediamo una strada abbandonata e una vasta rete di filo spinato. Il nostro percorso si snoda ulteriormente e arriviamo a una ridotta improvvisata costruita con case e stalle fatiscenti. Il rumore dei fucili risuona in lontananza, ma non riusciamo a vederne la fonte. Ci viene mostrata la camera della mitragliatrice, dove viene brevemente scoperta l'apertura della volata, e poi veniamo condotti sottoterra fino a un rifugio, un riparo dagli inevitabili bombardamenti.

Ci dirigiamo quindi verso gli alloggi degli uomini, dove veniamo accolti con un sonoro "Bonjour, les poilus!" dal comandante. Il suo sorriso luminoso e i suoi gesti vivaci sono contagiosi. I soldati salutano con orgoglio ed entusiasmo, il loro comportamento è pieno di un feroce senso di devozione. Un soldato in particolare si distingue: un uomo dallo sguardo acuto e dalla presenza forte. Il suo linguaggio del corpo parla di incrollabile fiducia, come se dicesse: "Conosco il mio valore e sono completamente dedito a questa causa". Un giovane ufficiale sottolinea che questi uomini possiedono sia la natura selvaggia di una bestia che la purezza di un angelo: un'osservazione profonda, che non posso fare a meno di ammirare.

Il reggimento, di stanza nel villaggio dall'autunno, ha rifiutato di essere sostituito e la loro energia sembra fresca come se fossero appena arrivati. Il conforto dei soldati è sorprendente. Hanno creato piccoli giardini con statue, una palestra per la ricreazione e perfino un teatro con palcoscenico e costumi. Ciò, in contrasto con il caos esterno, parla della resilienza e dell'adattabilità di questi uomini.

La nostra destinazione finale è la trincea di prima linea e l'esperienza è diversa da qualsiasi cosa abbiamo visto prima. La trincea, sebbene pulita e ben mantenuta, ha poca somiglianza con i canali cupi e pieni di fango che siamo arrivati ad associare alla guerra. Assomiglia invece ad una lunga galleria di legno. I suoi lati, il soffitto e il pavimento sono tutti realizzati in legno e, sebbene la lavorazione sia rudimentale, è funzionale e sorprendentemente pulito.

Ci viene detto che nessun ingegnere è stato coinvolto nella costruzione, eppure è considerata una delle posizioni più ingegnose sul fronte. La trincea è scarsamente illuminata, con piccole feritoie che forniscono viste strette, ma cruciali, dell'area esterna. Le feritoie sono disposte in modo tale che i soldati possano puntarvi le armi senza esporsi completamente al fuoco nemico. Ogni feritoia è etichettata con il nome del soldato ad essa assegnato e, tra gli spazi vuoti, ci sono fotografie e cartoline dei propri cari, un toccante ricordo delle vite che stanno combattendo per proteggere.

Sbirciando dalle feritoie vediamo in lontananza le trincee nemiche, separate da noi da una striscia di terra desolata. La vicinanza delle due parti è palpabile. La guerra di trincea che definisce questo conflitto è una realtà inevitabile sia per i francesi che per i tedeschi. La tensione è soffocante e diventa chiaro che questa guerra non è solo una questione di strategia e risorse, ma di sopravvivenza.

Mentre lasciamo la trincea e torniamo negli alloggi del comandante, veniamo accolti con altro champagne. La celebrazione è una gradita tregua dagli orrori del fronte e l'atmosfera è di cameratismo e rispetto. Il Comandante, con la sua incrollabile fiducia e il suo fascino, presiede l'incontro. La sua leadership, come quella di molti altri nell'esercito francese, ispira ammirazione e lealtà.

In un ultimo momento di leggerezza, ci viene raccontata la storia di un tenente che, nel mezzo della battaglia, chiese al parroco del villaggio se poteva celebrare la messa. La risposta del sacerdote fu semplice ma profonda: "Se sei prete, allora devi Maggio." E così il tenente, in uniforme e in mezzo alla distruzione, celebrò la messa per i suoi uomini.

Mentre ci prepariamo a partire, in lontananza risuona il rumore del fuoco dell'artiglieria. La tensione è ancora una volta palpabile. Ci spostiamo rapidamente verso la trincea, chinandoci mentre le esplosioni scuotono la terra intorno a noi. Gli agenti ci dicono di contare fino a cinque prima di alzarci, una precauzione contro le schegge che seguono l'esplosione iniziale. Ci muoviamo con cautela, tenendo la testa bassa e i sensi vigili.

In questa guerra, il tempo e lo spazio perdono ogni significato. La linea del fronte è un luogo di pericolo costante, dove la vita e la morte sono separate da pochi centimetri. Eppure, in mezzo alla violenza e alla distruzione, rimane un innegabile senso di scopo, la convinzione che, nonostante tutto, la vittoria sia ancora a portata di mano.

III. Rovine lè

Quando si arriva a Reims lungo la strada di Epernay, la scena che si presenta a prima vista appare tipica: la vita procede come al solito. Non ci sono più i controlli doganali un tempo necessari e le strade si riempiono del trambusto della vita quotidiana. Le donne, alcune giovani e sorprendenti, guardano con indifferenza il passaggio della tua macchina. I bambini corrono e gridano al calore del sole, godendosi il loro gioco spensierato. I piccoli caffè e i negozi tengono le porte aperte, occupati nelle transazioni quotidiane. Il fornaio è al lavoro e gli abitanti di mezza età continuano la loro routine tranquilla, immersi nei loro pensieri. I soldati sono presenti, ma non è insolito; i soldati sono di stanza in quasi tutte le principali città della Francia, anche in tempo di pace. In breve, la scena somiglia molto a una qualsiasi delle strade esterne più povere verso il centro città.

Ma in meno di due minuti tutto cambia. Un breve tragitto ed entri in un quartiere dove la vita è completamente scomparsa. Quest'area non è stata solo danneggiata: è stata cancellata. Gli edifici, anche se in alcune parti sono ancora in piedi, sono rovinati irreparabilmente. Dovranno essere ricostruiti da zero, a cominciare dalle cantine. Questa zona è una terra desolata, incontaminata dalla vita, una testimonianza di distruzione. Case grandi, piccole e negozi hanno tutti sofferto allo stesso modo. Le facciate possono essere in piedi – alcune ancora intatte mentre altre pendono precariamente – ma gli interni non sono altro che un mucchio di detriti. In alcuni punti interi pavimenti sono scomparsi, lasciando a vista solo i muri. In altri, i pavimenti pendono ad angoli strani, sfidando la gravità. Quella che una volta era una casa o un luogo di lavoro ora si è trasformata in un mucchio di rovine irriconoscibili. Tra i cumuli di macerie si vedono frammenti di oggetti domestici intimi: una vasca da bagno, parte di uno specchio, un pezzo di arazzo, una pentola. Nella sua bottega è ancora appesa una corona funebre, bizzarro residuo di vita normale. I cavi del telefono e del telegrafo pendono allentati, aggrovigliati da pali rotti. L'orologio della chiesa protestante è fermo alle sei meno un quarto.

I proiettili sparati dal nemico sembrano capricciosi nella loro distruzione. Un proiettile crea semplicemente un buco nel cortile abbastanza grande da seppellire un intero esercito tedesco, mentre un altro, un potente proiettile da 210 mm, perfora un muro interno, aprendo le cantine sottostanti. Incredibilmente, dieci persone si sono rifugiate lì e, miracolosamente, nessuna è rimasta ferita. Nel frattempo, le vecchie insegne dei negozi – come "La Buona Speranza" e "Il Successo del Giorno" – rimangono appese, il loro messaggio ora è quasi beffardo di fronte alla catastrofe.

Gli abitanti di questo quartiere, e di molti altri di Reims, se ne sono andati. Alcuni sono morti, mentre altri sono fuggiti in luoghi come Epernay o Parigi. Hanno lasciato tutto alle spalle, ma in un certo senso non hanno lasciato nulla. La tragedia è così vasta, così insondabile, che è impossibile coglierne appieno la portata. Eppure, in mezzo all'orrore, c'è una strana bellezza nelle rovine: stranamente, anche nella distruzione dell'architettura moderna, le rovine assumono occasionalmente una certa forma di grandiosità. L'immagine della carta da parati chiara di una camera da letto che contrasta con la muratura annerita, con una parte di una casa che sporge come una colonna frastagliata in mezzo al caos, rimane impressa nella mente. Serve come simbolo del danno causato dalle forze tedesche.

Questa distruzione non è casuale: è esattamente ciò che intendevano i tedeschi quando entrarono in Francia. L'obiettivo è sempre stato l'annientamento di case, attività commerciali e vite umane, la trasformazione della gioia in dolore. Questo è stato il lavoro di pianificatori e leader militari, che hanno ideato questa distruzione con intenti freddi e scientifici. La sua crudeltà è ovvia, ma ciò che è ancora più devastante è la sua assoluta inutilità. L'insensatezza travolge la mente. Questa distruzione, nata dall'avidità politica, sembra ancora più mostruosa che se fosse innescata da un conflitto religioso. È un abominevole anacronismo, una tragica reliquia di un'epoca passata che sembra fuori posto nel mondo moderno.

Curiosamente, in un quartiere vicino, che non è stato completamente cancellato, un uomo torna a casa in taxi, con i bagagli al seguito. La serva aspetta sulla porta, offrendo un breve promemoria che la vita, in alcune tasche, continua. Un'altra stranezza è che un proprietario che aveva cominciato a costruire una casa poco prima della guerra ha ripreso i lavori in mezzo a tutto questo caos. E nella Spianata Cerere, la fontana continua a scorrere serenamente, nonostante la devastazione circostante, mentre le trincee tedesche si trovano a sole due miglia di distanza.

È impossibile per chiunque abbia un senso della ragione guardare alla geografia di questa distruzione senza concludere che i tedeschi mirassero specificamente alla cattedrale. Ripercorrendo le strade che hanno subito l'assalto, si vede chiaramente che i tedeschi tentavano di colpire con i loro bombardamenti la Cattedrale. La maggior parte dei danni si concentra attorno a questa struttura iconica.

Eppure, sorprendentemente, la Cattedrale è in piedi.

Anche se l'area circostante è stata rasa al suolo, con gli hotel e il palazzo arcivescovile in rovina, la cattedrale rimane ribelle in mezzo alla devastazione. Il tetto esterno è scomparso, gran parte della muratura è crollata e molte statue sono state distrutte o deformate in forme grottesche e torturate. Ma nel suo nucleo e nella sua forma, la Cattedrale rimane una testimonianza di resistenza. Le torri, sebbene sfregiate, si ergono forti e dignitose, la loro presenza solenne incrollabile. Sì, il danno è immenso – gli intricati intagli, le finestre di vetro e gli interni decorativi sono per lo più scomparsi – ma l'integrità strutturale della cattedrale ha resistito all'assalto dell'artiglieria tedesca. Non sarà mai più lo stesso, ma esiste: è ancora un faro di sfida di fronte a probabilità schiaccianti.

I tedeschi, forse frustrati, sembrano usare la Cattedrale come bersaglio della loro furia. Gli sparano addosso non perché abbia un valore strategico, ma perché rappresenta qualcosa che disprezzano: un simbolo dell'orgoglio e della civiltà francese. I francesi tentarono di proteggerlo rimuovendo parte del vetro, ma ogni volta che lo facevano arrivavano proiettili tedeschi. L'implacabile bombardamento di artiglieria continua, con 3.000 proiettili che cadono sopra o vicino alla Cattedrale nell'arco di 24 ore, ma la struttura resiste. Le forze tedesche usano schegge, piuttosto che proiettili ad alto esplosivo, nel loro attacco, chiarendo che desiderano tormentare, ma non distruggere la Cattedrale. È un gesto futile, un vano tentativo di rompere qualcosa di indistruttibile.

Quando sono arrivato per la prima volta alla Cattedrale, mi è stato detto che c'erano stati alcuni giorni di calma. Ma al mio ritorno, la mattina dopo, altre cinque granate erano cadute nelle vicinanze. Ho constatato in prima persona i danni provocati da una granata da 155 mm esplosa alla base del muro est. C'ero stato la sera prima, e allora il buco sicuramente non c'era. L'ho esaminato alle 8.20, appena due ore dopo che era stato creato, e un giornalaio mi offriva il giornale del mattino proprio accanto ad esso. Le macerie del bombardamento erano fresche, ma la cattedrale, sorprendentemente, rimase in piedi.

Più tardi quel giorno abbiamo pranzato in un albergo di Reims, che aveva riaperto da poco dopo un periodo di chiusura. Ci servirono la padrona di casa e un suo parente, entrambi ancora in lutto. Nonostante i recenti bombardamenti, l'atmosfera nell'hotel era stranamente calma. Le donne attraversarono la distruzione con stoica indifferenza, continuando a servire i loro ospiti con professionalità, come se nulla fosse successo. La loro compostezza di fronte a tale devastazione è stata fonte di ispirazione. Fuori il sole splendeva e la vita, sebbene alterata, sembrava continuare. I cani giocavano per le strade e i bambini vagavano sotto gli alberi. Anche se la città era martoriata, la resilienza dei suoi abitanti era evidente.

Durante il pranzo si unirono a noi diversi ufficiali, uomini che avevano combattuto nelle battaglie della Marna e dell'Aisne e nelle trincee. Nonostante le loro terrificanti esperienze, nessuno era rimasto ferito. Parlarono con grande raffinatezza e calma degli orrori a cui avevano assistito, ma espressero anche la loro ammirazione per il coraggio e l'eroismo dei soldati e dei civili francesi. Un ufficiale ha condiviso la storia di un soldato che, sorpreso allo scoperto tra le linee nemiche, continuava a gridare "Vive la France!" nonostante sia stato colpito ripetutamente. Il suo coraggio era inflessibile, anche se il suo corpo era crivellato di proiettili.

Dopo il pasto abbiamo continuato il nostro viaggio attraverso le campagne devastate dalla guerra, attraversando città e campi trasformati dalla guerra. Tutto intorno a noi sembrava essere al servizio del conflitto, anche le attività più banali. Eppure, in mezzo alla distruzione, c'erano momenti di strana bellezza: un frutteto fiorito sotto un sole splendente, o un sentiero alberato che ci conduceva avanti, verso l'ignoto. Mentre ci avvicinavamo ad Arras, la presenza della guerra era innegabile, eppure la vita, in qualche modo, continuava, nonostante tutto.

Quando finalmente arrivi ad Arras, non c'è dubbio sull'entità della devastazione che ha colpito la città. A differenza di Reims, che offre una fugace illusione di se stessa, Arras rivela immediatamente il suo vero stato. La prima strada che incontri è una scena di assoluta desolazione, vuota e inquietante. Tende sporche pendono in lenzuola sbrindellate, sporgenti da finestre in frantumi. Ovunque si guardi, i resti degli incendi sono evidenti. Pezzi e pezzi di edifici sono sparsi lungo le strade e sui marciapiedi, intervallati da macchie di erba che crescono dove un tempo c'erano le case. Mentre prosegui attraverso la città, raggiungi una grande piazza circolare, che un tempo era grandiosa ma ora giace in rovina. Ogni edificio che lo circonda è nelle stesse pietose condizioni, e c'è un silenzio inquietante che aleggia nell'aria. Nei brevi istanti tra i fragorosi colpi di cannone, l'unico suono che rompe il silenzio è il fruscio delle persiane e delle tende che svolazzano contro gli infissi vuoti delle finestre, o il debole, pigro sbattere di una persiana allentata. Non un solo gatto vaga per le strade. Siamo completamente soli, accompagnati solo da un piccolo gruppo di ufficiali di stato maggiore, le nostre riluttanti guide attraverso questo paesaggio devastato dalla guerra. Non possiamo liberarci della sensazione di essere degli intrusi che profanano un luogo che un tempo era pieno di vita.

Di fronte a noi, una bomba ha colpito una casa, strappandone tutta la facciata. Attraverso l'apertura si intravede il salotto al piano terra e, sopra, la camera da letto. Il letto è ben fatto, le lenzuola bianche sono ancora immacolate, come se non fossero state toccate dal caos esterno. Stranamente, tutto rimane stranamente immobile. I mobili, nonostante la pendenza del pavimento, non sono ancora caduti nella strada sottostante. La camera da letto sembra esposta in un museo, come se fosse la camera da letto di un personaggio famoso esposta ai turisti: intatta, preservata, eppure così lontana dalla sua funzione originale. Fuori, alcune sedie sono state buttate fuori dalla casa e giacciono capovolte in strada, tra le macerie, lasciate indisturbate. In ogni direzione si diramano strade, ma sono silenziose e invase da erba e rovine.

"Guarda la fortezza che ho qui!" dice il Comandante con amara ironia. "Notate la sua importanza strategica. È aperto da ogni lato. Si può entrare direttamente, come se fosse un mulino a vento. Eppure lo bombardano. Ieri hanno sparato venti proiettili al minuto per un'ora sulla città. Distruzione assolutamente inutile .Ma sono così!"

Ci spostiamo ulteriormente nella città e le scene diventano ancora più strane. Una casa è ridotta a nient'altro che un tetto, che ora forma una sorta di arco di trionfo. Tutt'intorno, piante in vaso, ancora in fiore, sono inscatolate contro i muri o appese agli infissi delle finestre. Le strade sono ricoperte da un sottile strato di polvere di vetro. I fili del telefono e del telegrafo pendono in fili spessi e aggrovigliati, che ricordano le ragnatele abbandonate, spesso bloccando il tuo percorso e costringendoti a schivarli. I suoni delle cose che si spostano o cadono all'interno degli edifici in rovina sono costanti, creando un'atmosfera inquietante. Poi, all'improvviso, un suono squarcia il silenzio: il pianto di un bambino. È un duro promemoria del fatto che la città, nonostante la distruzione, non è del tutto abbandonata. Una donna esce dalla sua casa, chiudendo con cura la porta dietro di sé. Lo sta proteggendo dalla minaccia delle granate o per tenere lontani i ladri? Mentre camminiamo notiamo dei tubi che emergono dal marciapiede, emettendo fumo blu. Questi tubi sono il segno esteriore che i pochi abitanti rimasti hanno convertito le loro cantine in spazi abitativi improvvisati: salotti e camere da letto che offrono una parvenza di sicurezza.

Scendiamo in uno di questi rifugi sotterranei. Il salotto al pianterreno, con i suoi bei mobili, è stato devastato da una bomba, mescolando ricchi intagli con pezzi di muri frantumati e tende sotto uno strato di polvere. Ma i quartieri sotterranei, con il loro robusto tetto ad arco e l'aspetto solido, sono ben organizzati, ordinati e sorprendentemente accoglienti, offrendo un minimo di comfort in mezzo al caos. L'ingresso è attentamente protetto, proteggendo gli abitanti da ulteriori bombardamenti.

"Tuttavia", dice il proprietario alzando le spalle, "un proiettile da 210 mm attraverserebbe tutto. Sarebbe la fine per noi." Alza le mani in segno di rassegnazione, il suo fatalismo quasi eguaglia quello della città stessa, un luogo con una lunga storia di sofferenza. Arras è stata assediata e devastata innumerevoli volte. I primi Vandali la attaccarono ripetutamente, seguiti dai Franchi, dai Normanni nel IX secolo e da vari altri invasori. Nel XV secolo, Carlo VI la cinse d'assedio per sette settimane senza successo e sotto Luigi XI fu brutalmente maltrattata. Alla fine cadde sotto il dominio spagnolo, per poi essere riconquistato dalla Francia nel 1640 dopo un altro assedio. Da allora, la città ha avuto periodi relativamente tranquilli, fatta eccezione per la Rivoluzione e, naturalmente, l'attuale devastazione. Coloro che sono rimasti qui sembrano aver ereditato una notevole capacità di sopportare la sofferenza.

Nella strada dove abbiamo notato per la prima volta i tubi della stufa che salivano dal marciapiede, appare un postino, vestito con l'uniforme postale francese, con la familiare scatola nera del portafoglio appesa alla vita e una penna dietro l'orecchio. Si sposta di casa in casa, consegnando le lettere in un modo che sembrerebbe normale in qualsiasi altra città: tranne che qui, fa semplicemente scivolare le lettere attraverso gli infissi vuoti delle finestre, senza mai bussare. È un'immagine sorprendente, allo stesso tempo ordinaria e surreale, una testimonianza della persistenza della vita in mezzo alla rovina.

Continuiamo il nostro viaggio e arriviamo alla Cattedrale di St. Vaast, un'imponente struttura della città che risalta anche nel suo stato di rovina. Anche se non molto apprezzato dai critici architettonici, il massiccio e semplice stile barocco della Cattedrale di Arras la rende un candidato perfetto per sopportare il peso dei bombardamenti. Le sue vaste superfici piane hanno assorbito innumerevoli colpi, ma la forza dell'edificio rimane. Le cicatrici dei bombardamenti sono chiaramente visibili, ma non diminuiscono la grandiosità della Cattedrale. Semmai, accrescono la sua cupa bellezza, rendendolo un simbolo di devozione religiosa in mezzo alla distruzione. I comandanti tedeschi che hanno bombardato questo sito non hanno fatto altro che contribuire alla tragica magnificenza della Cattedrale. Nonostante la devastazione, la presenza della Cattedrale è allo stesso tempo maestosa e inquietante, molto più sorprendente della famosa Cattedrale di Reims.

Nel transetto nord, una granata di 325 mm ha creato un buco abbastanza grande da consentire il passaggio di una creatura gigante. Eppure, anche in mezzo a queste macerie, c'è un'incredibile giustapposizione: nelle vicinanze, un bar è rimasto quasi intatto. I bicchieri, le tazze e le sedie sono ancora lì, coperti di polvere, esattamente come erano stati lasciati. Potresti facilmente passare da una finestra per recuperare un bicchiere, eppure la scena è assurdamente immobile, come se la città fosse rimasta congelata nel tempo. Lì vicino, una vecchia casa mette in mostra le travi a vista, mentre una trave è caduta dal soffitto, ora brucia all'aria aperta, consumata dalle fiamme.

Nonostante la distruzione, la vita persiste. Più avanti, ci imbattiamo in un negozio di frutta e verdura, ancora aperto e funzionante, che offre una strana parvenza di normalità in un mondo altrimenti devastato. Mentre giriamo attorno alla Cattedrale e raggiungiamo il Municipio, incontriamo altre rovine. Costruito nel XVI secolo e restaurato con cura nell'Ottocento, il Palazzo Comunale giace oggi in rovina. Dietro di essa, un'automobile abbandonata, ricoperta di ruggine, funge da triste simbolo della desolazione circostante. Il veicolo, intatto nel tempo, rimane silenzioso in mezzo alla guerra in corso, un toccante ricordo della silenziosa sofferenza della città.

A destra del municipio ci imbattiamo in uno strano spettacolo: file di cumuli di mattoni, pietre e detriti. Questi tumuli non hanno alcuna somiglianza con le case, o anche con qualcosa di riconoscibilmente umano. Sono semplicemente cumuli di macerie, che segnano i resti di quella che un tempo era la strada più importante della città. La strada, piena di vita e di commercio, non c'è più, il suo carattere è stato cancellato dai bombardamenti incessanti. Potrebbe eventualmente essere ricostruito, ma non sarà mai più lo stesso.

Incuriosito, chiedo: "Come si chiama questa strada?"

Nessuno degli agenti del gruppo riusciva a ricordare il nome della principale via commerciale di Arras, e non c'era un solo locale in vista a cui chiedere. Era come se il nome stesso della strada fosse svanito, come se fosse stato cancellato dalla memoria, proprio come gli edifici che un tempo sorgevano lì. Nonostante la sua ricerca nelle guide di viaggio, nelle enciclopedie e nelle mappe, è rimasta sfuggente: perduta nella storia, nascosta da qualche parte nel profondo del tempo.

La devastazione della strada non è stata una sfortuna; si trovava semplicemente sulla traiettoria dell'artiglieria tedesca puntata sul Municipio. La distruzione che subì fu il risultato di un'attenzione militare che non aveva nulla a che fare con la strada stessa, ma piuttosto con il municipio, che divenne l'obiettivo principale. I tedeschi non avevano alcun interesse militare nel municipio: non aveva alcun valore strategico. Tuttavia era la struttura più grandiosa di Arras, amata dalla gente del posto, insostituibile nel suo fascino. Ciò lo ha reso un obiettivo simbolico. Sembrava che i tedeschi, invece di mirare direttamente al municipio, lo attaccassero indirettamente, infliggendo danni a tutto ciò che lo circondava, come se prendessero in ostaggio il figlio di un soldato e minacciassero di mutilarlo se il soldato non si fosse arreso. Che questa azione fosse il risultato di una logica militare o di pura follia, si trattava di un attacco deliberato a qualcosa che significava così tanto per la gente.

Giunti davanti al Municipio potemmo vedere chiaramente quanto i tedeschi vi avessero concentrato i loro sforzi. Il municipio si trovava ai margini di una vasta e imponente piazza porticata, la cui architettura uniforme risaliva inconfondibilmente all'epoca dell'occupazione spagnola. Osservando questa piazza e la sua gemella quasi identica a breve distanza, è diventato chiaro che Arras un tempo era una città nobile, piena di grandezza. Sorprendentemente, la piazza stessa era stata appena toccata dai bombardamenti. Sulla piazza non furono sprecati proiettili, perché i tedeschi avevano concentrato tutto il fuoco sul municipio, facendo sì che la struttura più preziosa restasse in rovina.

Dall'altra parte della piazza, mi sono messo sotto il porticato per ripararmi dalla pioggia e ho abbozzato il profilo approssimativo del municipio in rovina. Quando ho confrontato il mio schizzo con una vecchia incisione della stessa scena, la distruzione è diventata ancora più evidente. Il colonnato del piano terra presentava alcuni archi ancora in piedi, i loro contorni intatti, ma la parte superiore della facciata era ridotta in macerie, rimaneva solo un frammento di muro, che rivelava due fori di finestre. L'intero tetto era scomparso e l'aggiunta successiva a sinistra dell'edificio era stata completamente spazzata via. La precedente muratura scolpita a destra del municipio era ancora in piedi ma gravemente danneggiata. Il campanile un tempo orgoglioso, che era stato il più alto di Francia con i suoi quasi 250 piedi, era scomparso. Ciò che rimaneva era un ceppo frastagliato, come il dente rotto di un gigante, che ostinatamente raggiungeva qualche metro più in alto della linea del tetto originale. Attorno alle rovine, cumuli di rifiuti e detriti creavano uno scenario lugubre.

Arras, ricordiamolo, è in Francia, non in Germania. Questo fatto è significativo perché, all'epoca, la Germania stava presumibilmente combattendo una guerra difensiva, proteggendo i suoi confini e sostenendo quelli che considerava i più alti ideali di civiltà. Eppure eccoci qui, ad Arras, una città francese, che aveva subito un livello di distruzione senza precedenti in Germania. I tedeschi erano avanzati attraverso il Belgio e in Francia, non per conquistare, ma per "difendersi". E così facendo, cancellarono la bellezza di Arras, trasformandola in una terra desolata irriconoscibile, tutto nel nome della preservazione della propria civiltà. È difficile comprendere come i tedeschi potrebbero giustificare tali azioni se davvero difendessero le loro case. Cosa sarebbe successo, ci si chiede, se avessero intrapreso una guerra di conquista e distruzione? Si sarebbero spinti oltre?

Non sono un sostenitore della vendetta o della ritorsione, ma è difficile ignorare la dura realtà. La Germania deve comprendere l'intera portata della distruzione che ha causato. Il modo migliore per comprenderlo sarebbe se, alla fine della guerra, una delle loro città – ad esempio Colonia – fosse lasciata in uno stato simile a quello di Arras. Ciò avrebbe potuto essere duro per Colonia, ma non sarebbe stato più duro di quello che aveva sopportato Arras. Inoltre, è opinione diffusa che le difficoltà della guerra facciano emergere il meglio del carattere di una nazione. Se questo è vero, allora la guerra, con tutte le sue sofferenze, è in qualche modo un male necessario. Eppure, dopo aver visto la devastazione di Arras, non posso negare che scambierei senza esitazione il reddito di un anno per vedere Colonia ridotta allo stesso stato. Questo desiderio, anche se forse ingiustificabile, nasce dal vedere in prima persona la totale distruzione di un luogo un tempo pieno di vita e bellezza.

Continuando il nostro viaggio attraverso la città, abbiamo attraversato una strada dopo l'altra dove nessun edificio era rimasto intatto o abitato. Queste strade, a prima vista, sembravano silenziose, come se i residenti fossero in casa, in attesa che il tumulto passasse. Ma non c'era nessuno in casa. Non c'era proprio nessuno. L'intero quartiere era deserto, una città fantasma. La solitudine era opprimente e inquietante. Ogni finestra era in frantumi, ogni muro era scheggiato e intere sezioni di alcuni edifici erano state completamente distrutte. Un edificio ha rivelato le sue sei stanze, ciascuna esposta alle intemperie, con la carta da parati un tempo pregiata che ora si sta sgretolando. Il proprietario di questo posto aveva un'evidente passione per le stufe antracite, poiché ciascuno dei sei camini ne conteneva uno, tutti miracolosamente intatti. L'ufficio postale era stato cancellato, ridotto a un cumulo di macerie.

Successivamente siamo arrivati alla stazione ferroviaria, costruita dalla Compagnie du Nord nel 1898, una struttura relativamente moderna. La sua facciata era impressionante, ma ora era butterata da buchi di proiettili di tutte le dimensioni. Una granata aveva mancato di poco la facciata decorata della stazione, raschiando via alcune decorazioni. Ogni lastra di vetro era in frantumi e le parti in ferro erano ricoperte da uno spesso strato di ruggine. I segnali della stazione, che normalmente avrebbero guidato i passeggeri, erano stranamente immobili. Potresti guardare attraverso la stazione come se fosse uno scheletro vuoto. Il silenzio all'interno, interrotto solo dal lontano suono dell'artiglieria, era innaturale, agghiacciante. Sui binari, i ripari di vetro per i passeggeri erano ridotti in minuscoli frammenti, le strutture in ferro ormai ricoperte di ruggine. I pali della segnaletica erano desolati e abbandonati, il loro scopo reso privo di significato dalle macerie. Anche i binari stessi erano invasi da una vegetazione dilagante, una giungla che si insinuava lungo i binari. Questo, ci è stato detto, era il risultato della guerra difensiva della Germania, una guerra combattuta per proteggere la patria e i suoi presunti ideali. La realtà, tuttavia, era una città trasformata in un'inquietante rovina, testimonianza del costo devastante della guerra. Questa scena si svolse il 7 luglio 1915, un giorno che rimarrà impresso nella memoria di tutti coloro che ne furono testimoni.

IV Alle prese

In precedenza, ho menzionato la natura apparentemente vaga e casuale della guerra quando è condotta su una scala così vasta da diventare quasi insondabile. Quando sei con un ufficiale di stato maggiore, puoi osservare quasi tutto in prima persona. Anche se sono certo che ci sono alcune questioni che ti vengono tenute nascoste, in generale ti viene dato accesso a quasi tutto ciò che è visibile. Naturalmente, non c'è alcuna possibilità di sbirciare nella mente del Generale, che detiene la chiave delle strategie che plasmeranno il corso della storia. Il Generale può parlare a lungo del passato o del presente, offrendo riflessioni approfondite. Ma quando si tratta del futuro, mantiene le labbra serrate. Se è posizionato vicino al centro della parte anteriore, potrebbe dirvi, con il suo modo calmo, che ci si potrebbe aspettare un movimento significativo sulle ali. Al contrario, se si trova in una delle ali, vi assicurerà, altrettanto blandamente, che un grande movimento potrebbe presto svolgersi al centro. Non ti senti deluso da tali risposte, perché sai che le domande che poni meritano proprio tali risposte. Eppure, nonostante ciò, c'è un inconfondibile senso di delusione nell'incapacità di cogliere anche il momento presente: gli eventi travolgenti che si svolgono intorno a te, che ti rimbombano nelle orecchie e ti offuscano la vista.

Prendiamo ad esempio il rumore delle armi. Non mi riferisco al rombo persistente, quasi continuo degli spari che sembra rieccheggiare da ogni direzione, ma piuttosto al suono particolare di uno specifico grappolo di cannoni. Mi informo su di loro e, a volte, anche gli ufficiali di stato maggiore esitano prima di decidere se appartengono alle forze nemiche o alle forze francesi. Generalmente, un civile può distinguere un nemico colpito dal suono terrificante e sibilante del proiettile mentre si precipita verso di lui. Invece una granata francese, sfrecciando lontano da lui, tace prima ancora che il rumore dell'esplosione sia giunto alle sue orecchie. Potrei trovarmi intrappolato tra un gruppo di cannoni tedeschi e un gruppo di cannoni francesi, quasi equidistanti da entrambi.

Una volta che sono stato informato sul tipo di armi e sul loro calibro, e forse anche sulla posizione approssimativa di queste armi sulla mappa dello Staff, mi rendo conto che questa conoscenza non mi avvicina alla comprensione dell'intera portata della situazione. Per individuare effettivamente queste armi potrebbe volerci mezza giornata di lavoro, e anche quando le trovo, non scopro altro che alcuni pezzi di macchinari nascosti in un rifugio di fortuna, che operano in isolamento con l'assistenza di alcuni uomini fradici di sudore. . Il processo è molto lontano dall'immagine della guerra che ci si potrebbe aspettare. Un proiettile sottile viene caricato nella pistola, seguito da un'esplosione assordante e il proiettile svanisce senza lasciare traccia. Nessuno nel rifugio sembra preoccuparsi di dove sia andato o cosa abbia fatto. Vicino c'è un telefono, ma tutto ciò che ne esce sono numeri, termini tecnici e, occasionalmente, un rimprovero, che spinge gli uomini sudati a fare piccoli aggiustamenti alla pistola o al prossimo giro di munizioni.

Non capisco l'obiettivo e nemmeno gli uomini che usano le armi. Sono libero di avventurarmi alla ricerca dell'obiettivo. Mi viene fatto notare. Forse è un edificio o un gruppo di strutture, oppure potrebbe essere qualcosa di completamente diverso. Nella migliore delle ipotesi, non è altro che un puntino distante nel terreno vasto e complicato. Dal mio punto di osservazione osservo un debole sbuffo di fumo, delicato e innocuo come una piuma che fluttua nell'aria. In quel momento, non posso fare a meno di chiedermi: qualcuno può davvero aspettarsi che questi uomini, azionando il loro rumoroso congegno in una capanna chiusa molto dietro le linee, riescano a prendere di mira con precisione quel piccolo, lontano segno rosso sulla struttura distante? E anche se, per qualche miracolo, riuscissero a colpirlo, che significato ha quel particolare obiettivo nel grande schema del conflitto? Che impatto potrebbe avere la sua distruzione sul corso più ampio della guerra? È qui che la guerra appare inspiegabilmente vaga e sconnessa, perché anche un semplice frammento di essa va oltre la comprensione, e le singole parti di quel frammento non riescono a integrarsi in un insieme coerente. Ricordo che stavo in una trincea in prima linea, ascoltando i furiosi spari tutt'intorno a me, eppure non vedevo nulla, non capivo nulla della battaglia che si svolgeva in lontananza.

Lo stesso senso di disconnessione si applica ai movimenti delle truppe. Ad esempio, una volta stavo dormendo in una città dietro la linea del fronte quando fui svegliato all'improvviso non dal solito rombo di un aereo in alto, ma da un intenso tremore e rimbombo dell'hotel stesso. Questa scossa durò per un lungo periodo di tempo, da poco dopo l'alba fino alle sei circa, per poi ricominciare poco dopo. Mi alzai dal letto e mi avventurai fuori, solo per scoprire che l'intera città tremava e vibrava. Passava un reggimento che viaggiava in autobus. Ogni autobus trasportava una trentina di soldati e gli autobus si susseguivano a intervalli non superiori a trenta metri. Gli autobus, dipinti di un grigio opaco che ricordava le navi da guerra, erano quasi identici, tranne per il fatto che alcuni avevano tetti permanenti, mentre altri ne avevano solo temporanei. Alcuni presentavano finestre di mica, mentre altri avevano fori aperti sui lati. Tutti gli autobus trasportavano lo stesso numero di soldati e in ciascuno i fucili erano impilati esattamente nello stesso modo. Quando un autobus si fermò, tutti gli altri fecero lo stesso. I soldati salutavano e sorridevano alle giovani donne in piedi alle finestre o per strada. Tutta la città si stava risvegliando. Non importa quanto presto ci si alzi in queste città, per tutti gli altri la giornata è già iniziata.

I soldati, vestiti con le loro uniformi azzurre, apparivano giovani, energici e un po' provati dai viaggi. I loro volti, i baffi, i capelli e perfino le orecchie erano ricoperti da uno spesso strato di polvere. Evidentemente erano in movimento da ore. Gli autobus continuavano a emergere dalla foschia polverosa all'estremità opposta della città e sparivano dietro l'angolo vicino al municipio. Ogni tanto passava l'auto di un ufficiale o un veicolo con a bordo un paio di infermiere, interrompendo brevemente il corteo, ma presto gli autobus continuavano, uno dopo l'altro. L'impressione lasciata era che l'intero esercito francese stesse marciando per la città. Il rumore, le vibrazioni, il tintinnio: tutto sembrava riverberare nei miei nervi. Alla fine passarono due camion di soccorso e il corteo sembrò fermarsi. Non potevo credere che fosse davvero finita, ma il silenzio che seguì fu quasi opprimente.

Ciò a cui avevo assistito erano solo due reggimenti che attraversavano la città, tra le centinaia che componevano l'esercito francese. Due reggimenti! Eppure nessuno poteva dirmi da dove venissero, quale fosse stata la loro missione, dove fossero diretti o quale fosse il loro ruolo specifico nel più ampio piano di battaglia. Si muovevano con un'aria senza meta, proprio come uno stormo di uccelli che si libra in volo attraverso un vasto paesaggio.

Ma tra i vari movimenti ci sono state scene più toccanti. Uno degli spettacoli più sorprendenti e commoventi che ho visto al fronte è stata la marcia di un reggimento in una piccola cittadina di campagna in una luminosa e bella mattina estiva. Per prima venne la banda del reggimento, con gli ottoni anneriti e malconci, con i musicisti che portavano strani pacchi legati agli zaini. Non si trattava solo di musicisti, ma anche di soldati, vestiti con uniformi logore e sporche. Nonostante l'evidente stanchezza, marciavano con una certa dignità, suonando una melodia vivace. Dietro di loro c'erano i ciclisti, che tenevano il passo con le truppe in marcia. Poi arrivò un ufficiale a cavallo, seguito dal grosso del reggimento. Molti dei fucili avevano il calcio avvolto in un panno cencioso. Ogni soldato portava con sé tutto ciò che era riuscito a portare con sé nella campagna, compreso un paio di binocoli da campo. Gli uomini erano carichi di un assortimento di attrezzi rotti, strappati e rattoppati. La loro stanchezza era evidente ad ogni passo, i loro volti pallidi e tirati. Tra loro c'era un giovane ufficiale che sembrava a malapena in grado di camminare, come se ogni passo lo svuotasse di tutto. Si muoveva come in trance, i suoi movimenti erano lenti e faticosi, forse per pura stanchezza. Di tanto in tanto, veniva issata una bandiera triangolare per segnalare le posizioni delle diverse compagnie in trincea. Il reggimento veniva dalle trincee, ma nessuno avrebbe saputo dire quali.

Ciò che seguì fu un corteo di supporto logistico: unità della Croce Rossa, cavalli, cucine da campo, carri, mitragliatrici e munizioni. Il vapore si alzava dalle attrezzature da cucina mentre venivano preparati i pasti. Anche nel mezzo della guerra, il reggimento sembrava autosufficiente, gestendo il proprio cibo, le forniture mediche e le munizioni senza clamori o cerimonie. La marcia non è stata una grandiosa rassegna, ma il ritmo tranquillo e determinato di una forza combattente che sopporta le difficoltà della guerra.

Mentre il reggimento passava, non potevo fare a meno di provare un senso di profonda empatia per quei soldati. Desideravo che quel giovane ufficiale trovasse un posto dove riposarsi, un letto decente dove potesse riprendersi dalla fatica. Era una scena piena di pathos, eppure avvolta nel mistero. Qual è stato il ruolo di questo particolare reggimento nella strategia più ampia ideata dal generale Joffre?

Nonostante tutto ciò, dopo qualche tempo al fronte, si comincia a capire che, se la condotta della guerra può sembrare misteriosa, non è né vaga né casuale. Ricordo di aver visitato un villaggio recentemente liberato, che porta ancora i segni della sua recente conquista. I soldati che ho incontrato erano pieni di energia, ma c'era un inconfondibile senso di allerta nel loro comportamento. Erano costantemente in guardia, profondamente consapevoli dei pericoli che li circondavano. Mentre esploravamo il villaggio, divenne chiaro che tutto era stato organizzato meticolosamente: trincee, fortezze, mitragliatrici, filo spinato, tutto progettato per resistere agli attacchi nemici. Il comandante, visibilmente ansioso, si assicurò che fossimo al sicuro fuori dalla vista di potenziali cecchini tedeschi, sapendo che qualsiasi mancanza di vigilanza avrebbe potuto provocare conseguenze catastrofiche.

Attraverso un'intera fila di cottage era stato scavato un sentiero che ci permetteva di percorrerlo. Sembrava di camminare lungo un viale fiancheggiato da figure silenziose e vigili. Poi una voce sommessa ci avvertì di non parlare, perché i tedeschi avrebbero potuto sentire. Procedevamo con cautela, scrutando nelle miniere profonde, strisciando attraverso passaggi stretti e scomparendo in lunghi tunnel sotterranei. Siamo emersi in uno spazio dove i soldati stavano in piedi, mangiando allegramente mentre chiacchieravano tra loro. Nelle vicinanze, un gruppo di uomini si esercitava con innocue bombe a mano, le cui esplosioni risuonavano nell'aria.

Ho seguito il comandante mentre giravamo l'angolo e ci siamo ritrovati a guardare qualcosa, anche se non ricordo più cosa fosse. "Non restare qui", mi disse, facendomi cenno di andare avanti. Non appena mi sono allontanato, un proiettile ha colpito il muro dove mi trovavo pochi secondi prima. Era un duro promemoria del pericolo costante in agguato dietro ogni angolo.

L'atmosfera al fronte era carica di tensione. C'era la sensazione travolgente che tutti fossero bloccati in una lotta continua, spingendosi l'uno contro l'altro come lottatori, ogni centimetro di terreno fortemente conteso. "Casual" sarebbe l'ultima parola che si userebbe per descrivere qualsiasi cosa accada qui.

In un'altra occasione, dopo una lunga passeggiata, uno dei capitani dello staff ordinò a un'auto di venirci incontro alla fine di una strada. Parte di questa strada era esposta all'artiglieria tedesca da diverse miglia di distanza. Non appena l'auto è apparsa, abbiamo sentito il suono inconfondibile e sinistro di una granata in arrivo. Fece l'aria e, prima ancora che il suono sfrigolante svanisse, l'esplosione echeggiò nel paesaggio. Il proiettile, un esplosivo ad alto potenziale da 77 mm, atterrò con un fragoroso ruggito.

I tedeschi erano metodici nei bombardamenti. Per la mezz'ora successiva, percorsero meticolosamente lo stesso tratto di strada, rilasciando un proiettile dopo l'altro a intervalli di due minuti. Ciascun proiettile cadeva a distanze regolari, ogni cento metri lungo il pendio. Da una panchina vicina osservai il bombardamento. Fu un'agghiacciante dimostrazione della precisione tedesca, anche se, dal mio punto di vista, sembrò anche uno stupido spreco di munizioni. La strada era chiaramente vuota, eppure continuavano a sparare.

Naturalmente abbiamo deciso di non utilizzare quella strada. Invece, abbiamo fatto una deviazione attraverso una zona boscosa per incontrare l'auto in un luogo più sicuro. La strada era però inevitabile, poiché era l'unica via disponibile. Il comandante, sempre professionale, non si lasciava commuovere dai pericoli. "L'auto deve salire lungo la strada", dichiarò imperterrito. "Lasciarlo andare."

Il fatto che l'auto fosse utilizzata per comodità civili piuttosto che per operazioni militari non lo preoccupava. Era pur sempre un veicolo militare, guidato da un soldato, e aveva un lavoro da svolgere. Le sue parole erano quasi scherzose quando si rivolse all'autista: "Puoi anche andare subito. Ti guarderemo soffrire!" Un ufficiale subordinato ridacchiò della situazione, anche se potevo vedere che era preoccupato.

Nonostante le nostre riserve, l'auto andò avanti. Alla fine i bombardamenti cessarono e l'autista ne uscì indenne, riferendo più tardi che sulla strada si erano formati cinque grandi crateri.

Un'altra volta ci siamo ritrovati in trincea, attraversando un labirinto di camminamenti stretti e tortuosi su un ripido pendio. Un momento di disattenzione – una breve esposizione sopra il parapetto della trincea – ha provocato un immediato bombardamento di proiettili ad alto potenziale esplosivo. In quel momento, la stanchezza del nostro viaggio, insieme ad una fame lancinante, sembrò svanire. Il suono delle granate che sibilavano in alto mi ha richiamato all'attenzione e all'improvviso tutta la stanchezza è passata in secondo piano.

Le granate continuavano a cadere nelle nostre vicinanze, avvicinandosi progressivamente. Ci siamo divisi in coppie e abbiamo corso, mantenendoci a distanza, come da istruzioni. Dopo ogni esplosione, facevamo una pausa, contando cinque secondi, finché tutti i frammenti del proiettile non si fossero depositati. Non passò molto tempo prima che una bomba sembrò cadere direttamente davanti a me, facendo tremare violentemente il terreno. Ho sentito il bruciore dei fumi dell'esplosione, ma non erano caduti direttamente su di me: erano caduti proprio alla mia sinistra.

Le trincee, mi resi conto, erano meraviglie di sopravvivenza. Ho sentito l'onda d'urto dell'esplosione, ma la trincea mi aveva protetto. Qualche istante dopo, un amico raccolse un pezzo di scheggia dal guscio: una palla frastagliata e sfaccettata progettata per causare il massimo danno. È stato un promemoria che fa riflettere sul fatto che, anche di fronte a un tale caos, la guerra non era né casuale né accidentale.

Uno dei luoghi in cui la natura brutale e inflessibile della guerra mi è apparsa più evidente è stato Notre Dame de Lorette. La piccola cappella che sorgeva lì, ormai simbolo iconico della guerra, era tutt'altro che bella, almeno secondo le fotografie. Ma il terreno attorno era un'altra questione. Il territorio dietro la linea del fronte era organizzato meticolosamente, con strati di difese sia sopra che sotto terra, progettati per resistere alla violenza della guerra. Sebbene la disposizione dell'area non sia stata specificata, posso dirti che includeva ogni tipo di precauzione, dalle scorte immagazzinate al sicuro sottoterra a vari tipi di strategie difensive.

Ricordo di aver visto pile di camini sepolti nella terra, non toccati dal tempo. La scena era inquietantemente completa, un'incarnazione della scrupolosità con cui veniva preparata la guerra. Tra questi incontrammo dei prigionieri: due giovani soldati tedeschi sorvegliati in una piccola cabina. Si erano addentrati troppo nel labirinto delle trincee e avevano perso la strada. Uno di loro era un uomo della Croce Rossa, probabilmente uno studente di medicina prima della guerra. Era impolverato, stanco e sembrava portare il peso di una missione in cui non credeva più. Mi sono trovato simpatico nei suoi confronti. Il suo volto, sebbene stanco e cupo, conservava ancora una traccia di forza giovanile.

Ben presto incontrammo un altro prigioniero, un ragazzo che non aveva più di ventun anni. Era malato, coperto di terra, con l'uniforme a brandelli, macchiata di sangue e fori di proiettile. Qualcuno gli aveva dato un pezzo di pane, infilato nella tunica. Sembrava l'ombra di se stesso, con gli occhi infossati ed esausto. L'ufficiale incaricato lo interrogò, ma il ragazzo aveva poco da dire. Il suo spirito sembrava distrutto, ma c'era un innegabile sollievo nel suo comportamento, come se, finalmente, fosse libero dagli orrori della guerra. Non potevo fare a meno di pensare alla donna che lo aveva mandato a combattere, forse sua madre. Il suo dolore era inimmaginabile, eppure, nel contesto della guerra, le sarebbe stato detto che suo figlio era morto per una nobile causa.

Più tardi, allontanandoci dai prigionieri e dalle loro storie cupe, ci siamo imbattuti in qualcosa di più strategico: una mappa. Questa mappa era immensa, stesa nel mezzo di una radura della foresta. Usando gessetti di diversi colori, segnava l'avanzamento delle linee del fronte, con il giallo che indicava l'avanzamento fino a maggio, il blu che indicava ulteriori guadagni a giugno e il rosso che indicava le ultime invasioni, proprio la notte precedente.

Gli ufficiali esaminarono la mappa con orgoglio, sottolineando le posizioni chiave. Le loro voci, piene di determinazione, parlavano di dove si sarebbero svolte le prossime battaglie. La mappa era una testimonianza della pressione incessante esercitata sui tedeschi. Sebbene rispettassero il valore militare del nemico, gli ufficiali qui nutrivano un particolare disprezzo per alcune divisioni tedesche, in particolare quelle prussiane, che consideravano meno resistenti dei bavaresi.

Al di là del bosco, il paesaggio era una terra desolata. Il terreno era stato bombardato senza sosta, lasciando dietro di sé solo crateri e metallo contorto. Non c'erano alberi, né vegetazione: solo desolazione. I camminamenti che abbiamo seguito ci hanno portato attraverso questa terra arida, dove non poteva crescere un solo filo d'erba. I bombardamenti infiniti avevano sterilizzato la terra.

Mentre proseguivamo il nostro viaggio, abbiamo incontrato soldati che ci hanno raccontato le loro storie. Un capitano ha raccontato come, il 9 marzo, lui e i suoi uomini avevano combattuto per mantenere la loro posizione nonostante l'acqua gelata e il ghiaccio nella trincea. "Non ci siamo arresi", ha detto con orgoglio, "ma abbiamo perso venti uomini e altri ventiquattro avevano i piedi congelati". Per lui quella data aveva segnato una svolta decisiva nella sua vita.

Più avanti, abbiamo incontrato un altro ufficiale che parlava urgentemente al telefono, indicando ai suoi uomini dove sparare. Tutto intorno a noi, la guerra si svolgeva in tempo reale, con i soldati ancora impegnati nella lotta per il terreno che sembrava scivolare loro tra le dita.

Poi abbiamo raggiunto un punto da cui potevamo vedere la pianura. Villaggi in rovina, devastati dal conflitto, punteggiavano il paesaggio. Souchez, St. Eloi, Angres: nomi ormai famigerati in tutto il mondo per lo spargimento di sangue a cui avevano assistito. Il villaggio di Ablain St.

Nazaire, però, si è distinto. Un tempo una fiorente comunità, ora era poco più che un insieme di travi annerite e strutture distrutte. La sua chiesa, un guscio cavo, si ergeva come uno scheletro. Per quei soldati che avevano combattuto e morirono lì, questo villaggio non sarebbe più stato lo stesso.

V. Linee britanniche

Immagina una vasta pianura, ma non vuota. Né è una distesa brulla priva di vita o di elevazione. Si tratta piuttosto di un paesaggio costellato di colline, tra le quali se ne erge una particolarmente notevole, coronata da un suggestivo centro storico che offre ampie vedute sul territorio circostante. Questa distesa è tutt'altro che monotona. È riccamente boscoso, ben coltivato e per nulla desolato. La pianura è viva con villaggi sparsi al suo interno, e le piccole città mercato non sono mai troppo distanti. Questi insediamenti sono collegati tra loro da una rete di strade, molte asfaltate, e canali, attraversati da un numero rispettabile di ferrovie.

Da una veduta aerea, la prima cosa che risalta è l'abbondanza di alberi. Le loro cime arrotondate sembrano dominare il paesaggio, e solo le cime dei campanili si elevano al di sopra di questo baldacchino verdeggiante. Altre forme architettoniche sono meno prominenti, visibili solo a sprazzi tra il fogliame. Le tonalità predominanti del paesaggio sono sfumature di verde e grigio, e spesso il cielo rispecchia questa tavolozza, pesante e coperto. Il netto contrasto tra il nord della Francia e il sud del Belgio è sottile, segnato solo dal linguaggio delle insegne dei negozi e dei menu dei bar, con le due regioni che per il resto presentano una sorprendente somiglianza nelle loro caratteristiche fisiche e culturali.

Notevole è la presenza britannica in questa terra, contraddistinta da un connubio tra civiltà formale e calore di fondo. L'occupazione è allo stesso tempo evidente e discreta, un equilibrio tra ordine militare e connessione umana.

Spicca un incontro particolare. Mentre ero seduto in una strada del villaggio, gustando un pasto all'aperto a base di panini alla marmellata, con un'auto che fungeva da buffet, ho chiesto a un ragazzino trasandato che giocava con un piccolo terrier: "Come chiami il tuo cane?" Lui rispose con un sorriso timido ma orgoglioso: "Tommy". La campagna, attraversata da linee telegrafiche e telefoniche, pullula di un visibile senso di struttura, anche sotto forma di segnali stradali. I segnali sono grandi e diretti, uno dei più comuni è il comando "Autocarri lentissimi", esposto in grassetto sullo sfondo di strade straniere. In quasi tutti gli incroci trafficati delle città, i soldati stanno in piedi come direttori del traffico, garantendo il flusso regolare di un volume impressionante di veicoli.

Le strade sono costantemente congestionate e brulicano di trasporti meccanici. L'entità del traffico è travolgente, con gli autocarri che monopolizzano le strade. Questi enormi veicoli, con le loro dimensioni sgraziate, creano il caos quando si intrecciano con altre forme di trasporto: automobili, viaggiatori in motocicletta, carri contadini e soldati in marcia. Il risultato è un ingorgo molto più caotico di quello che si potrebbe trovare in un vivace centro cittadino, come Piccadilly Circus prima di uno spettacolo teatrale. Gli autocarri, sebbene ingombranti, spesso contribuiscono all'ingorgo non solo per le loro dimensioni, ma anche per il comportamento dei soldati che vi viaggiano. Ogni autocarro trasporta tipicamente due soldati davanti e uno dietro. Tuttavia, il soldato solitario nella parte posteriore, sentendosi isolato, spesso salta sul sedile anteriore per unirsi ai suoi compagni, creando un collo di bottiglia dietro di loro mentre gli altri veicoli cercano disperatamente di passare oltre. Solo quando viene colpita l'auto di un ufficiale di stato maggiore, i soldati tornano a malincuore ai loro posti, dopo un breve ma severo rimprovero.

Questa attività vivace e disordinata sulle strade dipinge l'immagine di una macchina complessa e ben oliata che opera sullo sfondo. È un sistema così vasto e sfaccettato che richiama immediatamente alla mente l'uomo che è la figura centrale di questa organizzazione: il comandante supremo. Sebbene non sia sfuggente, la sua presenza incombe. Si sparge rapidamente la voce che sarà disponibile per incontrarci a una certa ora, e quando arrivi qualche minuto prima del previsto, ti ritrovi in un ufficio grande e un po' austero con un tocco decisamente gallico, addolcito dalla pesante presenza del suo inglese. -Bastone sassone.

Presto vieni presentato ai membri dello Stato Maggiore che, sebbene famosi e rinomati, entrano ed escono dall'ufficio con un'aria di disinvolta indifferenza. Sono esperti, i loro nomi sono sinonimo di eccellenza militare, ma nella stanza accanto, oltre le pesanti doppie porte, si trova il vero potere di questa operazione. Il comandante in capo. Quando finalmente ti viene permesso di entrare in sua presenza, l'effetto è immediato: un senso di stupore e gravità riempie la stanza.

La stanza stessa, un tempo salotto, conserva ancora tracce della sua antica eleganza, con pareti rivestite in seta e la persistente presenza di un pianoforte a coda nell'angolo. Al centro, un grande tavolo sorregge una mappa dettagliata, che si estende sul tavolo come un paesaggio in miniatura. L'uomo stesso è una figura tarchiata, non alta ma solida, con mani e piedi piccoli, le unghie consumate con carattere. I suoi corti baffi bianchi e gli occhi chiari contrastano nettamente con la sua carnagione rubiconda. Il suo mento è particolarmente evidente, una caratteristica quasi provocatoria. Non c'è niente di eccessivamente raffinato in lui; invece, il suo comportamento è concentrato e intenso, parla con frasi brevi e riflessive e cammina avanti e indietro, facendo pause pensierose tra le parole. Quando parla del nemico, in particolare dei tedeschi, c'è un gesto deliberato, uno scuotimento della testa di sfida che la dice lunga sulla sua determinazione. È la postura di un uomo pronto a regolare i vecchi conti. La sua presenza emana un'aria di ostinata determinazione e silenziosa combattività.

Dopo una breve conversazione, il comandante in capo ti congeda e, mentre te ne vai, resta la sensazione di aver incontrato una figura leggendaria. Ma non è l'unica figura importante in questa vasta rete militare. Ci sono altre due figure chiave, entrambe ugualmente formidabili di per sé: il quartiermastro generale, che supervisiona la fornitura di materiali, e l'aiutante generale, responsabile della fornitura di manodopera. Al suo fianco c'è il Gran Provost Marshal, una figura di massima autorità, che garantisce la disciplina e sostiene il potere di determinare la vita e la morte.

Ciascuna di queste figure opera all'interno di una rete che si estende su più livelli di comando. Ogni esercito, corpo, divisione e brigata ha il proprio leader e il proprio staff, tutti lavorano instancabilmente per garantire il buon funzionamento di questa vasta e complessa operazione militare. Durante la mia permanenza sul campo, ho avuto l'opportunità di cenare e conversare con diversi ufficiali di alto rango, tutti ammirevolmente dediti e costantemente in movimento. Raramente avevano il tempo di rilassarsi, alcuni si alzavano all'alba e si ritiravano solo dopo mezzanotte. Un generale che ho incontrato ha sottolineato il suo bellissimo giardino, ma quando gli ho chiesto se lo avesse mai visitato, ha risposto con un sorriso ironico: "Non ci sono mai stato".

La sera, dopo una lunga giornata di lavoro, i generali spesso partivano con le loro limousine, per tornare nei loro uffici per la sessione di lavoro notturna che si protraeva fino alle prime ore del mattino. L'enorme volume di lavoro e di responsabilità anche al livello più basso di comando, come un quartier generale di divisione, è sconcertante. Ogni divisione comanda circa ventimila soldati e il lavoro svolto è in gran parte amministrativo, spesso banale e di routine. Tuttavia, alcuni dei lavori più affascinanti si svolgono nei reparti di fotografia e cartografia. Vengono prodotte migliaia di mappe, ognuna delle quali mostra un aspetto diverso del campo di battaglia in vari momenti nel tempo, e mappe speciali vengono regolarmente distribuite agli ufficiali sul campo, assicurando che dispongano delle informazioni più aggiornate per guidare le loro decisioni.

In ogni angolo di questa vasta rete, dai generali ai fanti, c'è un'attenzione incessante all'ordine, alla precisione e all'efficienza, riflettendo l'immensa responsabilità sopportata da ciascun individuo nel mantenere lo sforzo bellico.

I capannoni per l'allestimento e la riparazione del Royal Flying Corps erano alcune delle strutture più straordinarie che avessi mai visto: perfettamente progettate, non solo per il loro scopo pratico ma anche con un tocco di eleganza. Ho avuto l'opportunità di visitarli durante un violento temporale, che non ha fatto altro che aumentare il senso di stupore. I macchinari all'interno erano vasti e impressionanti; i livelli di produzione, sconcertanti. L'organizzazione era metodica, scientifica ed efficiente, e lo staff amichevole e altamente capace. Mentre guardavo gli aerei - quelle gabbie piene di uccelli, come venivano spesso chiamati - e assorbivo l'essenza stessa del volo, non era più difficile immaginare le straordinarie imprese che questi aviatori compivano quotidianamente, librandosi nei cieli in tutte le direzioni. . Un uomo, ad esempio, sorvolava Gand due volte a settimana con la regolarità dell'orario ferroviario e non era mai stato gravemente ferito. Questi aviatori avevano un vantaggio fisico unico, o almeno così si credeva: il rumore del loro stesso motore soffocava i suoni delle esplosioni di schegge mirate a loro.

Il soldato britannico di stanza in Francia e nelle Fiandre, a quanto pare, è tutt'altro che autosufficiente. Ha bisogno di un'incredibile quantità di supporto, più di quanto molti possano immaginare. Una volta ho visto le razioni per un solo giorno disposte su un vassoio e mi sembrava una quantità impossibile da consumare in una sola seduta. C'erano carne, abbondante pancetta, formaggio, marmellata, pane e verdure. C'erano anche tè, zucchero, sale, condimenti e talvolta burro, oltre a una fornitura settimanale di due once di tabacco e una scatola di fiammiferi. Ma la cosa più importante sul vassoio era senza dubbio la carne. Oltre a ciò, il soldato aveva bisogno di qualcosa di più del semplice cibo. Aveva bisogno di carburante, lettere dei propri cari, pulizia, vestiti e una serie di rifornimenti bellici necessari per la sopravvivenza quotidiana e la guerra. E tutte queste esigenze dovevano essere soddisfatte, in modo coerente, con grande precisione.

L'entità di questa domanda può essere compresa solo se si considerano i flussi continui di merci che arrivano nel nord della Francia, non solo dalla Gran Bretagna ma da tutto il mondo. Questo flusso di materiali, guidato dall'urgenza della guerra, è come una forza potente e inesorabile, un magnete invisibile che attira tutto verso il fronte, giorno e notte. Tracciare il percorso specifico o il contenuto preciso di questi flussi sarebbe quasi impossibile, ma c'è un punto in cui convergono tutti: il capolinea della ferrovia.

Un capolinea militare potrebbe sembrare una piccola stazione ferroviaria mediocre e insignificante, ma in realtà è uno snodo cruciale. Non è nemmeno la fine di una linea ferroviaria, anche se funge da quartier generale per una Colonna di rifornimento divisionale, una divisione che è solo una tra le tante in Francia e nelle Fiandre. Questa particolare stazione era gestita da un maggiore che, nonostante la sua uniforme color cachi e il suo uso del linguaggio militare, non era come lo stereotipo del maggiore del reggimento. La sua attenzione non era rivolta alla strategia o al combattimento, ma all'attività di rifornimento. Il suo compito era ricevere ordini dalle Brigate della Divisione, che cambiavano costantemente, e garantire che tali ordini fossero evasi entro un periodo ristretto di trentasei ore. È possibile che questo maggiore non avesse mai nemmeno visto una trincea, e certamente non era abile con un revolver, ma la sua esperienza risiedeva nel gestire gli aspetti logistici della guerra, assicurandosi che i treni arrivassero in orario e che i camion fossero in perfette condizioni di funzionamento. . L'onore della sua squadra era legato agli incassi, non alle strategie di battaglia.

Questo maggiore era responsabile di tutto ciò di cui la sua divisione aveva bisogno, tranne l'acqua e le munizioni. Ha supervisionato l'arrivo dei treni carichi di rifornimenti, che vanno dal cibo e vestiti alle cucine da campo e ai cannoni da campo, ricevendo anche lettere dalle mogli dei soldati. Non si è mai chiesto come arrivassero questi articoli; la sua unica preoccupazione era assicurarsi che i treni fossero puntuali e che i suoi autocarri fossero in ottime condizioni. Giorno dopo giorno, tonnellate di rifornimenti si riversarono dalla stazione ferroviaria sotto il suo occhio vigile, tra cui 280 sacchi di posta inviati alle truppe in prima linea. La manutenzione dei suoi veicoli era così accurata che brillavano come se fossero i motori di uno yacht di lusso. Era, in un certo senso, il dandismo del Corpo di Servizio dell'Esercito, ma era anche vitale per il buon funzionamento dello sforzo bellico.

Parte integrante dell'operazione ferroviaria era il treno della sezione di costruzione ferroviaria, che poteva costruire nuovi binari a una velocità sorprendente: diverse miglia al giorno. Questo treno autonomo fungeva da deposito, officina e caserma tutto in uno, garantendo la continua espansione e manutenzione delle linee ferroviarie che collegavano le linee del fronte al resto del mondo.

Mentre viaggiavo lungo le strade, di tanto in tanto vedevo rozzi cartelli inchiodati agli alberi con etichette come "Foraggio", "Drogheria", "Carne" e "Pane". Se avessi aspettato abbastanza a lungo, avrei potuto osservare uno dei flussi di autocarri provenienti dal capolinea accostarsi e scaricare il carico. Nel giro di pochi istanti, le provviste – fossero esse carne, pane o verdure – sarebbero svanite con la stessa rapidità con cui erano apparse, disperdendosi nei campi, negli alloggi e nelle trincee. In un'altra parte del campo, potrei assistere al montone congelato della Nuova Zelanda arrostito in un forno di terra, uno spettacolo che, sebbene in qualche modo rustico, era stranamente soddisfacente. L'enorme quantità di cibo preparato era sconcertante e mi colpì il fatto che anche in una configurazione così primitiva si potesse fare così tanto.

Oltre alle scorte alimentari, c'erano anche i materiali non commestibili, soprattutto nel parco dell'ingegnere. Lì troveresti ogni strumento e dispositivo immaginabile relativo alla guerra, cose che spesso erano troppo complesse per essere descritte in dettaglio ma che erano essenziali per lo sforzo bellico. I telefoni, gli elmetti e altri pezzi di equipaggiamento erano al di là di qualsiasi cosa la maggior parte dei civili avesse mai visto. E poi c'era il treno di munizioni: uno spettacolo davvero terrificante. Scaricare quel treno significava maneggiare ogni tipo di munizione, dalle cartucce per fucili agli enormi proiettili che potevano facilmente distruggere i veicoli. Accanto agli esplosivi c'erano vari ordigni pirotecnici e bombe, alcune delle quali sembravano aspettare solo il minimo tocco per farle esplodere. Gli agenti maneggiavano questi dispositivi con inquietante nonchalance, come se fossero semplici oggetti di routine, ma era difficile non provare un senso di pericolo in loro presenza.

La cosa più notevole, però, è stata l'assenza dei soldati stessi. Nelle linee britanniche era quasi come se l'esercito stesso fosse invisibile. Potevi vedere soldati ovunque, ma di solito erano impegnati in ruoli secondari, assicurando che i bisogni materiali degli altri soldati fossero soddisfatti. I veri combattenti erano più difficili da trovare, spesso in piccoli gruppi o singole unità. Durante una passeggiata particolarmente lunga attraverso la campagna, accompagnai un generale e attraversai le trincee, solo per scoprire due soldati: un ufficiale e il suo subordinato. Ma nemmeno loro erano in prima linea. L'ufficiale trascorreva le sue giornate osservando il fronte tedesco attraverso un telescopio dal suo ricovero, dove aveva un letto, un telefono e alcuni oggetti personali. Di tanto in tanto il telefono ronzava leggermente, ma quando ho chiesto informazioni, l'inserviente mi ha spiegato che non c'era nulla di cui preoccuparsi. Era solo qualcuno che parlava con qualcun altro.

Il compito dell'ufficiale era monitorare una sezione specifica del fronte e riferire in merito, ma mentre ero lì, non potevo fare a meno di pensare alla vasta distesa di terra, alle colline e alle valli che avevamo attraversato per arrivare a quel punto, e le zone di terra apparentemente banali che erano state al centro di tanta violenza. Mi sono chiesto quanto sangue fosse stato versato per pezzi di terra così piccoli e insignificanti.

L'ufficiale ci ha spiegato meticolosamente ogni dettaglio, fornendoci una comprensione approfondita del comportamento dei soldati tedeschi, così come li aveva osservati. Tuttavia, quando si trattava delle sue abitudini, rimase in silenzio. Non era solo un ufficiale; era un semplice osservatore, osservava costantemente attraverso una stretta fessura nella panchina, distaccato da ogni preoccupazione personale. Il suo stile di vita, le sue comodità, i suoi pensieri (se il suo letto fosse scomodo, come si procurasse il cibo o se si sentisse mai annoiato) erano domande che non ci ponevamo mai. I suoi stati d'animo, i suoi pensieri privati sulla vita in panchina e perfino la frequenza con cui riceveva le lettere erano questioni che lasciavamo inespresse. Era una figura enigmatica, un uomo definito esclusivamente dal suo ruolo di osservatore.

Era un ufficiale basso e dai modi gentili, la sua voce era sommessa, eppure c'era un certo calore quando il generale, che si era già congedato, si fermò al riparo del fogliame vicino. Il generale, con un lieve sorriso e un cenno del capo, lo chiamò per nome: "Buon pomeriggio, Blank", la sua voce permeata di un calore inconfondibile. Era chiaro che tra loro c'era una comprensione più profonda, un apprezzamento reciproco che trascendeva le semplici formalità. "Lo sai, non è vero, Blank?, quanto ti apprezzo." Le parole erano sottili, ma contenevano una profondità che in quel momento era fugace. Dopo il breve scambio di battute, mentre il Generale cominciava a parlare dei music hall londinesi e degli ultimi artisti, tornarono le chiacchiere ordinarie.

In un'altra occasione mi sono ritrovato ad assistere ad uno spettacolo raro: venti soldati che si preparavano per una vera esercitazione di bombardamento. Le condizioni erano tese, poiché si esercitavano a bombardare una trincea tedesca con esplosivi veri. Il giovane ufficiale in carica, apparentemente impassibile di fronte al pericolo, dimostrò con nonchalance come maneggiare le bombe. "È perfettamente sicuro", ci ha assicurato, "finché non tolgo questo spillo". Detto questo, ha tolto il perno e abbiamo osservato gli uomini marciare verso la trincea, preparandosi all'esplosione. Eravamo tenuti a distanza di sicurezza, nascosti dietro qualunque copertura offrisse il terreno: nient'altro che lievi cumuli di terra. Le sentinelle vegliavano, assicurandosi che nessuno si avventurasse troppo vicino. Ci è stato detto di abbassarci e proteggerci. Mentre ci rannicchiavamo dietro il nostro rifugio improvvisato, abbiamo sentito il suono fragoroso delle esplosioni: Bang! Bang! Bang!, accompagnato dal sibilo acuto delle schegge che tagliano l'aria sopra di noi. Quando finalmente il fumo cominciò a dissiparsi, sbirciammo oltre il bordo e vedemmo i soldati correre in avanti, sfidando la trincea bombardata. Miracolosamente nessuno di loro è rimasto ferito o ucciso.

In un altro caso ancora, ho avuto la rara opportunità di assistere a un'intera brigata in azione. Diverse migliaia di uomini, accompagnati dai loro veicoli da trasporto, marciavano in perfetta formazione, con due generali che osservavano da vicino ogni segno di imperfezione. Lo spettacolo era a dir poco maestoso: una maestosa dimostrazione di disciplina militare. Tuttavia, mancava la crudezza che mi aspettavo dalla guerra. Invece di sentire la tensione e il caos della battaglia, ho visto una macchina perfettamente sintonizzata. Mentre li guardavo marciare, ho cominciato a chiedermi: se l'intero esercito britannico avesse marciato accanto a me a questo ritmo, quanto tempo ci sarebbe voluto perché passassero? Ho calcolato che ci sarebbero volute circa tre settimane di osservazione continua, senza pause per i pasti, per osservare l'intera forza nella sua interezza. È stata una realizzazione sorprendente, che mi ha reso ancora più consapevole di quanto sfuggente rimanesse la vera portata della guerra.

Un'immagine più vivida dell'esercito mi è venuta quando ho visitato i bagni di una nuova divisione: la Nuova Armata. Lì, i soldati facevano il bagno, una momentanea tregua dalla sporcizia della guerra. L'organizzazione era sorprendentemente britannica, forse più di quanto i soldati e gli ufficiali si rendessero conto. I bagni erano ospitati in una grande fabbrica adibita a questo scopo. Un giovane subalterno, senza dubbio desideroso di unirsi alla lotta ma deputato a questo ruolo amministrativo, gestiva le terme. Non solo era il custode dei bagni, ma supervisionava anche le operazioni di lavanderia, assicurandosi che i soldati potessero cambiarsi con biancheria pulita dopo il bagno. La lavanderia impiegava donne e ragazze locali, che lavoravano instancabilmente a temperature estremamente elevate, anche se nessuna sembrava vacillare sotto il caldo. Dopo essere state circondate per settimane dal mondo duro e meccanico della guerra, le donne, con la loro grazia e il loro fascino, erano uno spettacolo gradito. Erano stupendi, forse perché offrivano un fugace ricordo del lato più dolce e umano della vita, che era stato a lungo assente dalla nostra esistenza quotidiana.

Tra gli oggetti nella lavanderia c'era una peculiare esposizione da museo: una collezione di camicie che erano state indossate durante i primi giorni della guerra di trincea, relitti della sporcizia e dello squallore che erano diventati parte di chi li indossava. Queste magliette, secondo gli esperti, non avevano eguali nel loro puro disordine. Era uno strano, quasi grottesco, tributo agli abissi della guerra.

I bagni stessi erano semplici ma efficienti: grandi vasche fumanti dove i soldati potevano rimuovere la sporcizia del campo di battaglia. Duecentocinquanta uomini potevano

lavarsi, cambiarsi ed essere pronti per il servizio in una sola
ora. Gruppi più grandi potevano passare in rassegna in una
mattinata, anche se la vera portata dell'operazione divenne
chiara solo quando vidi intere compagnie di soldati
marciare dentro, sporchi e stanchi, ed emergere appena
puliti, apparentemente più composti e fiduciosi. È stato un
breve momento di tregua in mezzo al caos. La massa di
soldati che marciavano verso i bagni, e quelli che
marciavano via, suscitarono il crescente sospetto che
esistesse un esercito molto più grande, nascosto da qualche
parte nelle vicinanze.

Ma nonostante questi scorci dell'esercito in azione, dovevo
ancora comprendere veramente la vastità dell'esercito o la
sua complessa infrastruttura. Avevo osservato linee di
rifornimento e flussi di risorse spostarsi verso ovest, verso
l'Inghilterra. Lì, negli ospedali di Boulogne, ho assistito alla
fase successiva di questo viaggio logistico. Il processo è
stato meticoloso e ogni fase è stata progettata per garantire
che i soldati ricevessero la migliore assistenza possibile, dal
posto di soccorso alla stazione di medicazione avanzata,
all'ambulanza da campo e infine alla stazione di
smistamento delle vittime. A Boulogne ho visto un
ospedale dove migliaia di soldati ricevevano cure per le loro
ferite. Anche nelle stazioni di smistamento l'accento era
posto sullo spostamento rapido dei casi, sullo smistamento
e sull'invio a ulteriori cure. Alcuni uomini, dopo aver
attraversato le fasi iniziali, alla fine sarebbero saliti a bordo
di treni ambulanza o chiatte, navigando verso l'Inghilterra
per cure più intensive.

A Boulogne divenne evidente la portata degli sforzi
compiuti per prendersi cura dei feriti. La sola lavanderia era
così vasta che aveva superato la città, con i suoi lavori
inviati in Inghilterra per la lavorazione. Ma anche in questo
ambiente, l'obiettivo primario era quello di risolvere i casi,

di farli avanzare il più rapidamente possibile alla fase successiva della cura.

Uno dei luoghi più suggestivi era l'ospedale dei cavalli. Molti cavalli furono feriti, alcuni con ferite da arma da fuoco, ma furono trattati con la stessa cura e attenzione degli uomini. La vista di un cavallo sottoposto a un intervento chirurgico con cloroformio ha lasciato un'impressione indelebile. L'animale, avendo rifiutato di svegliarsi dopo l'operazione, è stato gentilmente riportato in vita. Era impossibile vedere il cavallo come qualcosa di diverso da una creatura vivente che respira, non diversa dagli uomini che venivano curati per le loro ferite.

Negli ultimi istanti della mia permanenza al fronte, ho intravisto le reali dimensioni dell'esercito britannico. Ho camminato lungo strette strade rialzate di legno, passando attraverso i muri di sacchi di sabbia che formavano le difese del fronte. Attraverso un periscopio ho visto le posizioni nemiche e il filo spinato che ci separava. Gli uomini entravano e scomparivano dalla vista, preparandosi al combattimento o occupandosi di compiti più piccoli. I soldati erano pronti, ma l'atmosfera era stranamente calma, lontana dal caos del fronte. Quando mi separai dal Maggiore, che mi aveva guidato attraverso la zona, rimasi colpito dalla consapevolezza di quanto fosse diverso il mondo che avevo visto da quello che avevo immaginato.

"Ebbene, cosa ne pensi delle nostre 'trincee'?" chiese il maggiore, con la voce venata di aspettativa.

"Va bene," ho risposto, anche se la mia risposta era più per abitudine che per genuino entusiasmo. Mi chiesi se la mia breve risposta lo avesse soddisfatto.

Mentre me ne andavo, non potevo fare a meno di riflettere su ciò a cui avevo appena assistito. Capii, per la prima volta, cosa fosse veramente la guerra: una macchina complessa e implacabile, che distruggeva tutto sul suo cammino. Eppure, non riuscivo ancora a liberarmi della sensazione che ci fosse molto di più sotto la superficie, nascosto alla vista. E mentre me ne andavo, i miei pensieri si rivolgevano al viaggio che ci aspettava, chiedendomi se avremmo percorso in sicurezza la strada del ritorno.

Mentre ci avvicinavamo a Ypres, incontrammo un carro civile, il cui contenuto era un mix di mobili di una casa modesta e diversi lunghi pezzi di modanature di cornici dorate. La vista dell'oro scintillante sul carro attirò la nostra attenzione in mezzo al caos. Il vento era implacabile, forte e caldo, sollevava la polvere sia dalla strada che dalla vicina ferrovia, rendendo l'aria densa di disagio. Il rombo lontano del fuoco dell'artiglieria era costante, a ricordarci il pericolo che ci circondava. Venivamo esortati più volte ad affrettarci ad oltrepassare alcune zone, per evitare di fermarci, e ai veicoli che ci trasportavano venivano fornite indicazioni precise su dove ripararci durante le nostre brevi assenze.

Mentre proseguivamo, passammo davanti a un punto dove una granata aveva colpito il suolo lungo la strada, mandando una pioggia di terra e sassi sul tetto di un manicomio sul lato opposto. Stranamente, il manicomio stesso sembrava intatto e la strada sotto i nostri piedi era indenne. Tuttavia, i detriti dell'esplosione hanno sparso il tetto. Nonostante i segni di distruzione intorno a noi, avevamo poca paura; le probabilità che il corniciaio scappasse con le sue cose sembravano decisamente a suo favore. E infatti lo ha fatto. Tuttavia, la situazione ha toccato una strana corda dentro di me. A una mente eccessivamente sensibile e non tedesca, sembrava quasi ingiusto che il corniciaio, dopo aver subito la perdita dei suoi mezzi di sostentamento, dovesse rischiare la vita solo per salvare i resti della sua carriera un tempo fiorente.

Più avanti nella città, vicino alla periferia, abbiamo visto due uomini lavorare per recuperare le assi del piano superiore di un edificio che aveva subito pochi danni. Era quasi tutto ciò che restava della struttura, e si lavorava con determinazione, rischiando tutto per recuperare questi preziosi materiali. I loro sforzi, nel contesto di una distruzione più ampia, sembravano quasi stupidamente eroici.

Erano passati quasi due decenni dall'ultima volta che avevo visitato Ypres e, a quel tempo, i lavori di restauro della città erano appena iniziati. Il restauro dei monumenti storici, tra cui il Palazzo dei Tessuti e la Cattedrale di San Martino, era quasi completato quando scoppiò la guerra, giusto in tempo perché il conflitto devastasse. Questo fatto, come sostenevano alcuni tedeschi, rafforzava la loro teoria secondo cui il Belgio, in collusione con la Gran Bretagna, si era sempre preparato alla guerra: un'affermazione assurda ma ampiamente diffusa. La Grande Place, una delle piazze pubbliche più grandi d'Europa, era ancora riconoscibile. In effetti, era così vasto che al suo interno poteva stare comodamente un transatlantico di medie dimensioni. Non c'erano altre piazze a Londra o New York dove una nave da 10.000 tonnellate potesse essere ospitata così facilmente. Anche una nave da 15.000 tonnellate come l'Arabe ci entrerebbe, anche se in diagonale.

La Grande Place è stata testimone di gran parte della storia. Nel XIII secolo era il cuore di una fiorente città con una vivace popolazione di 200.000 tessitori. Eppure, nel corso dei secoli, una combinazione di cattiva gestione locale e aggressione straniera aveva ridotto drasticamente la popolazione della città. Nel XVI secolo era sceso a 5.000 e nel XX secolo si era ridotto a poco più di 17.000. Ora era completamente deserto. La città era diventata inabitabile. Pochi mesi prima della mia visita, la città era piena di vita. Le persone che erano fuggite durante la prima ondata di bombardamenti cominciarono a rientrare, ma la loro speranza fu di breve durata. Entro la terza settimana di aprile, la Grande Place aveva visto un po' di commercio, con bancarelle che vendevano cartoline raffiguranti la distruzione della stazione ferroviaria. Ma poi arrivò il grande bombardamento che, mi dissero, era ancora in corso.

Per comprendere l'entità della devastazione basta entrare nella Cattedrale di San Martino. Questa struttura gotica, costruita principalmente nel XIII secolo, aveva subito danni catastrofici. La torre, rimasta incompleta fin dalla sua costruzione, adesso non sarebbe mai stata terminata. Gran parte del corpo della cattedrale era in rovina. Il coro era completamente scoperto e parti dell'abside e della navata protogotica erano state fatte saltare in aria. Il rosone del transetto sud, un tempo uno spettacolo mozzafiato, era stato ridotto a nulla. All'interno, i detriti delle parti distrutte dell'edificio si accumulavano come una montagna irriconoscibile, coprendo l'interno un tempo grandioso. Il mucchio di mattoni rotti, pietre e polvere si estendeva per un'area compresa tra 15.000 e 20.000 piedi quadrati, raggiungendo in alcuni punti un'altezza di sei o sette metri. Era come se la cattedrale fosse stata inghiottita dalla terra stessa. Scalare il cumulo di macerie era pericoloso, poiché somigliava a un'insidiosa catena montuosa.

Nonostante la rovina, sono rimasti alcuni resti di bellezza. I colori vivaci dell'altare erano in netto contrasto con la devastazione circostante e l'organo, miracolosamente intatto, era aggrappato alla parete nord del coro. Nella sacrestia c'erano candelabri e arredi d'altare ingialliti dagli effetti corrosivi dell'acido picrico. Da lontano la cattedrale appariva solida, ma una volta dentro era palpabile il timore che i fragili resti potessero crollare al minimo disturbo.

Uscendo dalla cattedrale ho provato un senso di sollievo, ma quella sensazione è stata di breve durata. Appena fuori, mi sono confrontato con la forza distruttiva che aveva causato questa devastazione. Un proiettile da 17 pollici aveva lasciato un cratere largo 50 piedi e l'esplosione era avvenuta in un cimitero, dove le ossa del defunto giacevano sparse tra i rottami.

Il Palazzo del Tessuto, forse più imponente della cattedrale stessa, aveva subito danni simili, se non peggiori. La facciata a tre piani, un tempo una meraviglia dell'architettura, si trovava in uno stato di parziale crollo. C'era un enorme spazio vuoto sul lato sinistro e il vetro era scomparso da tempo. La facciata sembrava sporgere leggermente in avanti, anche se non riuscivo a capire se si trattasse di un'illusione ottica o di un reale cambiamento nella sua struttura. La torre centrale, sebbene distrutta, conservava ancora qualche parvenza della sua forma originale. Il resto dell'interno dell'edificio era stato ridotto a un caotico caos di macerie. Il bellissimo Niewwerk, una struttura rinascimentale all'estremità orientale del Palazzo dei Tessuti, era completamente scomparso, insieme al vicino Municipio. Solo frammenti di muratura ad arco e cumuli di detriti segnavano il punto in cui si trovavano un tempo.

L'area circostante la Grande Place non era migliore. Passeggiando per la piazza mi sono trovato circondato da macerie e rovine. Alcuni edifici, come l'Hopital de Notre Dame, erano sopravvissuti relativamente indenni, sebbene fossero ancora gravemente deturpati. Il resto della piazza, tuttavia, era poco più che un cimitero di muri in frantumi e strutture crollate. In alcune zone, l'odore di decadenza e di morte aleggiava nell'aria, un duro ricordo del costo della guerra.

A un certo punto, mi sono fermato per fare uno schizzo approssimativo della scena, sperando di catturare per i posteri la grandiosità della distruzione. Lo spettacolo davanti a me, con i suoi inquietanti resti di edifici un tempo grandiosi, era così sorprendente che pensavo che il governo britannico avesse il dovere di fotografarlo adeguatamente, per garantire che il mondo vedesse la portata della devastazione.

Mi sono seduto sul bordo di una buca vicino all'ospedale, senza osare avvicinarmi troppo per paura che l'edificio potesse crollare. Il vento ululava intorno a me e il rumore degli spari lontani non si fermava mai. Un aereo britannico volava in alto, la sua presenza ricordava che la guerra era lungi dall'essere finita. Le strade intorno a me erano stranamente silenziose, fatta eccezione per l'occasionale folata di vento o il fumo lontano di un altro edificio in fiamme. La Grande Place, un tempo centro fiorente di commercio e di vita, era ora un ricordo desolato e inquietante della distruzione portata dalla guerra.

Ho sussurrato a me stesso: "Una bomba potrebbe cadere qui da un momento all'altro".

La paura si insinuò nel mio cuore, ma, sorprendentemente, non fu la paura di un guscio imminente a consumarmi. No, era qualcosa di molto più intenso: la solitudine opprimente, soffocante. Città come Reims e Arras, sebbene colpite dalla guerra, erano ancora abitate. C'erano persone: postini, giornali, negozi, perfino caffè, che vibravano al debole ritmo della vita normale. Ma a Ypres non c'era niente. Niente trambusto, niente vita. Ogni strada sembrava un deserto vuoto, privo anche dei più elementari segni di esistenza. Non un solo cane cercava avanzi. Il silenzio era soffocante, pesante come un peso invisibile che mi premeva sul petto.

Per evitare ogni confusione, avevo promesso all'ufficiale di stato maggiore di non lasciare il mio posto nella piazza finché non fosse tornato. Nessuno di noi due voleva rischiare di vagare nel labirinto di strade, giocando inavvertitamente a nascondino in questa città cupa e deserta. Quindi sono rimasto solo, prigioniero del vasto vuoto che mi circondava. Desideravo disperatamente il ritorno dei miei compagni.

All'improvviso, il suono di voci e passi echeggiò debolmente in lontananza. Due soldati britannici apparvero dietro l'angolo, attraversando lentamente la piazza. Contro la vastità dello spazio vuoto, sembravano minuscoli, quasi insignificanti. Ho sentito l'improvviso bisogno di avvicinarmi a loro, di parlare, ma sapevo che era meglio. Gli inglesi non lo fanno, soprattutto in un posto come Ypres. Ci siamo scambiati sguardi casuali, niente di più, niente di meno, ognuno di noi fingendo che tutto fosse perfettamente normale.

Finché erano in vista, provavo uno strano senso di sicurezza, come se la loro presenza potesse allontanare il crescente disagio nel mio petto. Ma una volta scomparsi in lontananza, la paura è tornata, più forte di prima. Non era solo paura: era un senso di terrore onnicomprensivo, una sensazione inquietante che mi rosicchiava i nervi e faceva correre la mia mente con pensieri oscuri.

Avevo promesso di abbozzare la scena, quindi mi sono messo al lavoro, ma era più per obbligo che per desiderio. Una volta terminato il compito, balzai in piedi, ansioso di sfuggire ai confini del mio piccolo angolo. Vagavo per le strade, sperando di vedere i miei amici tornare, ma tutto ciò che trovavo era lo stesso vuoto che mi perseguitava. Ero depresso, irritabile e onestamente mi pentivo della mia decisione di venire al fronte. Non potevo liberarmi della sensazione che forse non avrei mai lasciato Ypres vivo.

Quando, finalmente, vidi avvicinarsi l'ufficiale di stato maggiore, il sollievo mi pervase. Ma il senso di desolazione persisteva a lungo, come una nuvola oscura che rifiutava di dissiparsi.

Ypres, come tanti altri luoghi toccati dalla guerra, aveva strade che un tempo pulsavano di vita. Una delle strade principali, Rue de Lille, è rimasta impressa nella mia memoria. Si estendeva dal lato opposto del Palazzo dei Tessuti, fino alla Porta di Lille e conduceva verso le linee tedesche. Questa strada era rinomata per la sua straordinaria architettura. C'erano l'Hospice Belle, un rifugio del XIII secolo per donne anziane, il Museo, un tempo Hotel Merghelynck, pieno di oggetti d'antiquariato, e l'Ospedale di San Giovanni, anche se non così notevole come il suo omonimo a Bruges. La Maison de Bois, un bellissimo edificio gotico, si ergeva orgogliosamente alla fine della strada, e lo Steenen, una struttura del XIV secolo, era stato trasformato nell'ufficio postale della città.

Eppure, mentre camminavo lungo Rue de Lille, sono rimasto colpito dalla sua inquietante desolazione. A parte l'ufficio postale, che appariva miracolosamente intatto, il resto della strada era in rovina. I muri degli edifici erano ridotti a resti distrutti, le erbacce germogliavano dalle fessure nelle pietre e la polvere turbinava nell'aria, trasportata dal vento mentre spazzava i resti spettrali della città. L'odore di decomposizione era pervasivo, proveniente dalle murature rotte che nascondevano i resti del passato. Era come se la strada stessa piangesse la perdita di una vita un tempo vivace.

Imboccando una strada laterale, passai davanti a quelle che sembravano le case delle merlettaie. Queste casette, così umili e poco appariscenti, sembravano incontaminate dalla devastazione. I tedeschi, con la loro meticolosa precisione, avrebbero risparmiato tali strade dal fuoco dell'artiglieria, perché erano insignificanti nel grande disegno della loro distruzione. Tuttavia, non potevo fare a meno di chiedermi come riuscissero a ottenere una precisione così millimetrica con la loro artiglieria, guidati da quelle che dovevano essere mappe incredibilmente dettagliate. Si diceva che alcune di queste mappe fossero state acquisite con l'inganno, che gli agenti tedeschi si fossero finti cittadini per raccogliere informazioni.

Nonostante le strade sembrassero intatte, il silenzio era snervante. Le porte delle casette erano spalancate, rivelando stanze in disordine. I piccoli salotti, sebbene disordinati, contenevano ancora i resti della vita quotidiana: mobili, un tempo sistemati con amore, ora gettati via in fretta. I caminetti erano ingombri di ninnoli, e i cassetti erano lasciati aperti, non svuotati, come se gli abitanti fossero stati bruscamente interrotti nella loro vita.

Era sorprendente quanto simili fossero tra loro queste case modeste, i loro interni praticamente identici nella loro semplicità. Questa ambizione condivisa di rispecchiare le vite degli altri è stata toccante, anche nella sua tragica semplicità. Le strade stesse sembravano raccontare una storia di vite interrotte, di donne e bambini in fuga frettolosa, lasciando dietro di sé una vita di ricordi e oggetti sparsi come resti scartati delle loro vite passate.

Sebbene gli interni fossero un'istantanea della vita familiare - utensili da cucina, vestiti, piccoli ricordi di una vita interrotta - esitavo ad avventurarmi al piano di sopra. Sapevo che il saccheggio era severamente vietato e rispettavo le regole, anche se non potevo fare a meno di sentirmi un visitatore in un mondo dimenticato. Mentre camminavo di casa in casa, ero sopraffatto da un silenzio inquietante. Queste case un tempo erano vive al ritmo dell'esistenza quotidiana, ma ora restavano come vuoti ricordi di ciò che era andato perduto.

Mi colpì la rapidità con cui tutto era cambiato. Un momento prima, queste case erano state case. Poi, un allarme, improvviso e diffuso, ha spazzato le strade e, in un batter d'occhio, sono diventate strutture senza vita, abbandonate, prive dei loro ex occupanti. Dove fossero andati, non l'ho mai chiesto. Sembrava inutile. Erano semplicemente svaniti, assorbiti nel vasto mare di rifugiati.

Al di là della città, anche i desolati sobborghi giacevano in rovina. Le fabbriche erano come scheletri arrugginiti, i canali erano stagnanti e dimenticati, e le stazioni ferroviarie erano silenziose, abbandonate alle erbacce invadenti. Sembrava che il tempo stesso si fosse fermato, lasciando solo i rottami di quella che un tempo era stata una fiorente comunità.

Non molto oltre la periferia si trovavano le postazioni dell'artiglieria tedesca, con i cannoni puntati direttamente nel cuore di Ypres. Queste erano le armi di distruzione, guidate da uomini che avevano dedicato la propria vita a perfezionare l'arte dell'annientamento. Attorno a loro c'erano soldati, un tempo uomini liberi, ora ridotti a meri strumenti di guerra, che eseguivano gli ordini con brutale efficienza.

Ogni bomba piovuta su Ypres era il prodotto di una pianificazione meticolosa, il risultato diretto di ordini soppesati e decisi con calcoli accurati. La distruzione di questa antica cittadina non fu casuale; è stato uno sforzo mirato e deliberato per cancellare qualcosa di bello. I generali, con i volti pieni di cupa soddisfazione, celebravano ogni colpo riuscito. "Un'altra bomba nella Cattedrale!" esclamerebbero. "Un buco nel Palazzo dei Tessuti!" E così, Ypres fu lentamente ridotta in macerie, la sua storia secolare andò in frantumi.

"Ma", potresti dire, "questa è la guerra, dopo tutto." E sì, forse è vero. Ma anche in guerra ci sono momenti in cui ci fermiamo a riflettere sulla tragedia di tutto ciò.

Il futuro di Ypres, sebbene incerto, rimane un argomento che affascina l'immaginazione. Sebbene sia solo una delle tante città che hanno sopportato terribili sofferenze, occupa senza dubbio un posto unico nella storia. Molte città e villaggi più piccoli hanno subito una distruzione simile a quella di Ypres e, in alcuni casi, potrebbero aver subito anche una devastazione maggiore. Tuttavia, nessuna città con lo stesso livello di importanza storica, commerciale e artistica ha sofferto nella stessa misura di Ypres finora. È un tragico simbolo della devastazione provocata dalle forze tedesche in Belgio durante la guerra.

Ypres si trovava sulla strada per Calais, ma la sua vicinanza a questo percorso strategico non fu la vera causa della sua distruzione. Anche se i cannoni tedeschi non avessero ridotto la città in rovina, il percorso verso Calais non sarebbe diventato più facile per la loro macchina militare. Ypres non è mai stata concepita come una roccaforte militare e non avrebbe potuto fungere da tale. Se i tedeschi fossero riusciti a sconfiggere le forze britanniche di stanza vicino a Ypres, sarebbero stati in grado di attraversare la città con poca resistenza, come un predatore attraverso un campo non protetto.

Il vero crimine di Ypres è stata la sua sfortunata posizione. Si trovava sul percorso di un esercito nemico frustrato e infuriato, che, nonostante la sua schiacciante superiorità numerica e l'immensa potenza di fuoco, non riusciva a spostare la piccola ma determinata forza britannica nell'area. Le forze tedesche, traboccanti di arroganza ed eccessiva sicurezza, erano comprensibilmente furiose per la loro incapacità di sfondare. Nella loro furia, cercavano di distruggere qualcosa, qualsiasi cosa, per alleviare la loro frustrazione. Il risultato fu la distruzione dei monumenti architettonici e culturali più preziosi di Ypres, come la Cattedrale e il Palazzo dei Tessuti, che crollarono sotto il peso della loro rabbia fuori luogo. Le trincee della città, tuttavia, rimasero intatte.

Questa distruzione di Ypres, sebbene insensata, porta con sé una certa verità psicologica. Era il risultato di un opprimente senso di impotenza, di un disperato bisogno di distruggere qualcosa quando non era possibile ottenere la vittoria sul campo di battaglia. Questa realtà psicologica fornisce informazioni sul motivo per cui Ypres, la città della storia e della bellezza, è stata ridotta in macerie. Segna la fine di un capitolo nella storia della città e l'inizio di un futuro nuovo e incerto.

Per comprendere il futuro di Ypres, è essenziale valutare i danni che ha subito. Sebbene la città sia stata devastata, non è stata completamente distrutta. Quando l'ho visitata a luglio, ho scoperto che circa la metà degli edifici di Ypres erano ancora in piedi, anche se danneggiati. Sebbene queste strutture siano danneggiate dalle devastazioni della guerra, molte possono essere rapidamente riparate. I residenti di Ypres, molti dei quali sfollati, potrebbero tornare alle loro case con minime difficoltà, a condizione che le condizioni economiche siano favorevoli. È inevitabile che la situazione economica migliori, poiché gli operosi cittadini belgi ricostruiranno ciò che è andato perduto.

Tuttavia, le strutture più iconiche della città, quelle che rappresentavano il cuore della vita civica e culturale di Ypres, sono scomparse. Prendiamo ad esempio la Grande Place, che è stata completamente distrutta. Se si vuole che Ypres torni ad assomigliare in qualche modo al suo antico splendore, gli edifici che un tempo fiancheggiavano la Grande Place dovranno essere completamente ricostruiti. Ciò richiederà uno sforzo immenso, poiché le fondamenta di queste strutture sono sepolte sotto le macerie. Stimo che ci fossero almeno 150 edifici di proprietà privata sulla Grande Place, ciascuno con più piani, e ognuno di essi un tempo era una fonte vitale di reddito e di sostentamento per le persone che li possedevano. Coloro che una volta chiamavano Ypres la loro casa sono ora sparsi in tutta Europa, poveri e scoraggiati. La stessa devastazione si estende ad altre strade significative come Rue de Lille.

Se i proprietari delle proprietà di Ypres dovessero tornare e tentare di ricostruire, la portata del compito sarebbe enorme. Richiederebbe un'immensa iniziativa, resilienza e una fede nel futuro che potrebbe scoraggiare anche i più audaci tra loro. Inoltre, il compito della ricostruzione sarà ostacolato dalla mancanza sia di capitale finanziario che di manodopera, poiché l'Europa è alle prese con la ripresa dalla guerra. La carenza di manodopera sarà probabilmente più grave di quella finanziaria, poiché ogni settore avrà bisogno di lavoratori. L'immensa portata della ricostruzione, dallo sgombero delle fondamenta alla ristrutturazione delle case e alla ricerca di inquilini, renderà questo compito arduo, forse impossibile.

In un certo senso, Ypres non si riprenderà mai completamente. La città, se ricostruita, sarà l'ombra di se stessa, un ricordo degli orrori che un tempo avvenivano lì. La nuova Ypres sarà un accampamento in mezzo alle rovine, un insediamento temporaneo dove le persone si riuniranno ma non torneranno mai completamente alla precedente vitalità della città. Per le generazioni a venire, se non per sempre, Ypres rimarrà una testimonianza della violenza insensata della guerra e della follia di coloro che l'hanno provocata.

Nel periodo immediatamente successivo alla guerra, Ypres diventerà probabilmente un luogo di importanza storica. Attirerà turisti e turisti da ogni angolo del mondo. Sorgeranno hotel e guide e i turisti visiteranno le rovine in massa, ansiosi di assistere in prima persona alla distruzione. Qualcuno trarrà sicuramente profitto da questo macabro spettacolo, trasformando la tragedia della città in una fonte di reddito. Questo è un destino triste per la gente di Ypres, ma è inevitabile. Maggiore è il numero di persone che visitano Ypres e vengono a conoscenza della sua storia, maggiore è la speranza per il progresso dell'umanità.

Se la facciata del Palazzo dei Tessuti potesse essere preservata, dovrebbe recare un'iscrizione che commemora gli eventi del 31 luglio 1914, quando la Germania assicurò al Belgio che avrebbe rispettato la sua neutralità, solo per violare quella promessa pochi giorni dopo. L'iscrizione reciterebbe:

"Il 31 luglio 1914, il ministro tedesco a Bruxelles diede un'assicurazione positiva e solenne che la Germania non aveva intenzione di violare la neutralità del Belgio. Quattro giorni dopo l'esercito tedesco invase il Belgio. Guardatevi intorno."

Mentre si cammina tra le rovine di Ypres, non si può fare a meno di provare un misto di disprezzo e rabbia per gli spudorati tentativi del governo tedesco di giustificare le proprie azioni. Le scuse offerte dalla Germania per le sue azioni – meschine, fuorvianti e assurde – sono in netto contrasto con la realtà della distruzione della città. Eppure, c'è una certa triste soddisfazione nel sapere che un giorno la Germania si pentirà del crimine commesso. I leader che una volta si vantavano della loro abilità militare ora affrontano le conseguenze delle loro azioni e probabilmente tremano nei loro stivali mentre si preparano ad affrontare le inevitabili ricadute della loro arroganza e barbarie.

LA FINE

Le modifiche e il layout di questa versione stampata sono
Copyright © 2024
Di Almeyda Fernandez

www.ingramcontent.com/pod-product-compliance
Lightning Source LLC
Chambersburg PA
CBHW061706130726

47996CB00006B/2178